文言文的
8堂閱讀理解課

編著 周淑屏

文言文的 8 堂閱讀理解課
編著／周淑屏
編輯／黃玉琼
美術設計／劉碧雲
插圖／魏穎秀
出版發行／突破出版社
香港沙田亞公角山路33號突破青年村
電話：2632 0000　傳真：2632 0388
電郵：breakthrough@breakthrough.org.hk
網址：http://www.breakthrough.org.hk
http://www.btproduct.com
承印／海洋印務
2015年4月初版1刷
2020年9月初版4刷

8 Comprehension Lessons of Classical Chinese
by Chow Suk Ping
First Printing, First Edition, April 2015
Fourth Printing, First Edition, September 2020

Printed in Hong Kong
ISBN 978-988-8246-53-3

本書經文取自《新標點和合本》，版權為香港聖經公會所有，承蒙允准採用，特此鳴謝。

誠邀閣下就突破出版社的書籍發表意見

歡迎加入突破書籍 Facebook page — http://www.facebook.com/btbooks.page

本書採用環保油墨印刷

人文價值

或坐在巨人的肩膀上，或呷一口書香，讓我們的生活漸次提升，讓眼界更見遼闊。

目錄

前言

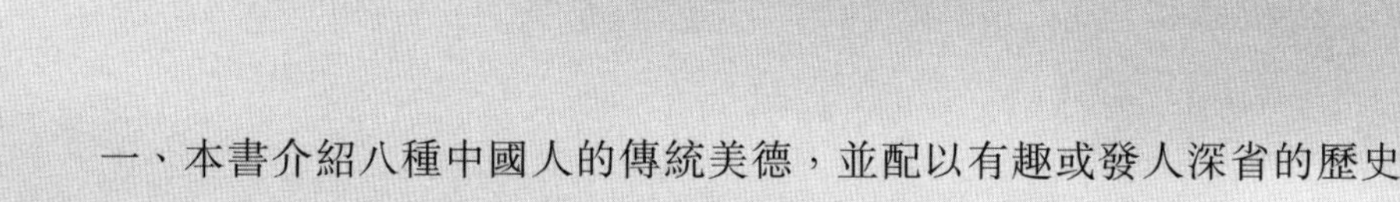

一、本書介紹八種中國人的傳統美德，並配以有趣或發人深省的歷史故事，令讀者在閱讀故事的同時，受到中國傳統美德的潛移默化。

二、每篇後附故事出處的文言文原文及註解，另加文言文小知識及文言知識練習題，冀能提升讀者閱讀及理解文言文的能力。

三、本書中的故事及文言文原文，亦可用作寫作論説文的材料，書末附「寫作舉隅」，參考公開試或學校常用題目作出舉隅，方便讀者活學活用。

（書中文言文小知識、文言知識題、寫作舉隅均為編輯黃玉琼撰寫。）

一【專心致志】

1 專心致志

我們在童稚期學習步行，長大之後，通常我們都不會再學習走路。

學習步行和學習走路有所不同，學習步行是訓練如何運用雙腿肌肉，平衡、穩定地行走；學習走路呢，則還要看清前路，有沒有障礙物、會否碰撞到別人等等。

人長大之後，當然不用再學習步行，然而，我認為很多人還有學習走路的必要。

走在都市繁忙的路上，誰都試過被只顧用手機玩遊戲、發訊息、看影片的「低頭族」碰撞到；被只顧瀏覽路旁商店櫥窗、商品的人踩到腳跟；被只顧用手機高談闊論或與同行者説到口沫橫飛的人的行李車輾過腳面……這時，我不禁想：難道專注於走路也這麼難？難道我們要重新學習走路？

也許有人認為走路時有點碰撞是免不了的，沒必要小題大作，但要求做事專心、投入，又豈會是小題大作呢？這叫我想起了「割席斷交」的故事。

管寧和華歆本是好朋友，某天，他們一起在菜園中鋤地種菜，管寧看見地上有一塊黃金，他卻像看到普通石頭一樣，把它丟到一邊，繼續耕作；華歆則拾起了黃金看了看才丟到一邊。他倆又常一起坐在同一張席上讀書，有尊貴馬車載着王公貴介在外面經過，管寧沒受到任何影響，繼續專心讀書，華歆卻放下書本走出去看。於是管寧割開了二人同坐的席子，對華歆說：「你不再是我的朋友了。」

記得小學的「同學仔」讀到這成語故事時，多認為管寧小題大作或自鳴清高，我卻着眼於管寧眼中專心致志的重要性：耕種時專心耕種，讀書時專心讀書。小學的老師們不是一直苦口婆心地嘟囔：「讀書時讀書，遊戲時遊戲」嗎？

走路時專心走路，以免失足摔倒或碰撞到別人；上課時專心聽書好明白知識、認識事理及不妨礙別人聽課；工作時認真投入做好本業，不汲汲於名利或分心去經營人際關係、逢迎拍馬；駕駛者專心駕駛，時刻留意路面情況，以防釀成害己害人的嚴重意外⋯⋯

〈路加福音〉九章六十二節：「耶穌說：『手扶着犁向後看的，不配進神的國。』」耶穌用犁田作比喻，如果人犁田時一面手扶着犁一面向後看，他就不能把田犁得直。原來，做事不能專心致志，小則走路時會失足摔倒；中則會失去專心於學習、工作的朋友；大則會釀成不可挽回的意外，甚至被摒諸天國門外。

2 從吾所好

到學校主持寫作講座時，常會被學生問到：「你是如何走上從事文字工作之路的？」我會將這段迂迴之路的故事向他們娓娓道來。

我會先對他們說：「你們猜猜我大學畢業後的第一份工作是做什麼的。」他們猜過一輪之後（從來沒人猜中過），我才揭曉：「我的第一份工作是保險經紀。」

然後，告訴他們那些「悲慘往事」，他們聽了卻會笑。

那些年，當保險經紀常要「cold call」，即要找陌生人買保險，某次到一間公司請一位接待員小姐代為安排約見他們的經理，那位一臉冷冰冰的接待員小姐瞄了我一眼，用帶點不屑的語氣說：「你這麼害羞、聲線又弱，怎會當上推銷員的？不如找份文職，躲在辦公室工作不用多接觸人的吧！」

給她這麼一說，知恥近乎勇，其實我也自知不適合推銷工作，於是馬上找了一份只需躲在辦公室不用多接觸人的秘書工作。

某天，老闆外出、工作又不多，喜愛閱讀的我把心愛的書放在辦公桌抽屜中偷看，一面看一面卻擔心老闆回來時發現，心裏覺得不是味兒。當時的我這樣想：如果有一份工作可以讓我堂堂正正地把書放到辦公桌上看就好了。

不久之後，我找到了編輯的工作，可以從早到晚看桌上的書了。追稿是當編輯的其中一項工作，某次追稿時卻被一位作家奚落：「總是打電話來煩我，以為可以寫得這麼快的話，你自己試試吧！」受到刺激，自掛斷電話那刻起，我走上了寫作之路，努力不斷寫作，不久之後，果然比那位作家寫得快，比他更準時交稿。

其實自讀小學時已最愛中文科、喜歡寫作，只是長大後知道從事文字工作收入微薄、不足以維生，於是極力逃避。然而，真心熱愛是難以逃避的，欺騙自己亦徒然自尋苦惱。發揮造物主給我們的天賦和能力是人生的重大意義，只要找到自己的熱愛，從吾所好就好了，這看法和聖人孔子是一致的哩！

在《論語·述而》中，孔子說了這樣的話：「富貴如果可以求得，就算是執鞭的卑微差事，我也願意去做。如果富貴無法以正當手段求得，那麼還是追隨我所愛好的理想吧。」

中學時期讀到韓愈的〈祭田橫墓文〉，其中有一句：「苟余行之不迷，雖顛沛其何傷？」意即：「只要自己沒走錯路，即使顛沛流離又有什麼好悲傷的呢？」只要找到心中所愛，找對了人生路向，就義無反顧，不會計較得失，值得全身心、全時間投入其中。

3 義無反顧

〈路加福音〉第九章中，記載耶穌叫門徒跟從他時是這樣寫的：

他們走路的時候，有一人對耶穌說：「你無論往哪裏去，我要跟從你。」耶穌說：「狐狸有洞，天空的飛鳥有窩，只是人子沒有枕頭的地方。」又對一個人說：「跟從我來！」那人說：「主，容我先回去埋葬我的父親。」耶穌說：「任憑死人埋葬他們的死人，你只管去傳揚神國的道。」又有一人說：「主，我要跟從你，但容我先去辭別我家裏的人。」耶穌說：「手扶着犁向後看的，不配進神的國。」

找對了值得全情投入的目標，就不會害怕生活變得顛沛流離、無處容身，甚至連枕頭的地方也沒有，並且會急不及待的一頭栽進去，彷彿這就是人生最要緊的事，一秒鐘不能耽延。

說到這裏，想到一個有關賣油翁的小故事：

宋朝的時候，有一個叫陳堯咨的人擅長射箭，為此很感驕傲。

某天，陳堯咨在家中的園子裏射箭，有一個賣油的老翁經過，放下肩上的擔子，站在一邊觀看他射箭。他射的箭十有八九射中靶子，老翁看見了微微點頭。

陳堯咨認為自己的箭術足以令賣油翁既驚歎又羨慕，於是問他：「你也懂得射箭嗎？我的箭術很厲害吧？」

賣油翁卻說：「也不是什麼特別的技術，只是手熟罷了！」

陳堯咨聽了氣上心頭，說：「你怎敢輕視我的本領！」

賣油翁笑說：「我只是自己從倒油的經驗中領悟出來的。」

賣油翁說完便把一個盛油的葫蘆放在地上，葫蘆口上放了一枚銅錢，他慢慢地用勺子舀出油來往葫蘆口的銅錢中的小孔中注入，只見油像一條線似的由錢孔中流入葫蘆。一勺子的油倒完了，那枚銅錢卻沒有沾上半點油。

之後，賣油翁笑了笑說：「我這點倒油的技術，實在沒有什麼了不起，只不過是手熟罷了！」

陳堯咨聽後笑着打發他走。

無論是什麼事情，一項專業、一種運動、一個興趣，只要專心致志，心無旁騖，全心投入，全力以赴，就一定會做得好，做得有成績，得到合理的回報。至於回報是什麼呢？那也許不是名利或讚美，而是獲得內心的滿足感、成功感、人生樂趣，足以給予我們義無反顧、排除萬難的力量。

文1

《世說新語．德行．割席斷交》

管寧、華歆共園中鋤菜，見地有片金，管揮鋤與瓦石不異，華捉[1]而擲去之。又嘗[2]同席讀書，有乘軒冕[3]過門者，寧讀如故，歆廢書出看。寧割席分坐曰：「子非吾友也。」

《論語・述而》

子曰：「富[4]而[5]可求也；雖執鞭之士[6]，吾亦為之。如不可求，從吾所好。」

〈祭田橫墓文〉 韓愈

貞元十一年九月，愈如[7]東京[8]，道出田橫[9]墓下，感橫義高能得士，因取酒以祭，為文而弔之，其辭曰：

事有曠百世而相感者，余不自知其何心；非今世之所稀，孰為使余歔欷而不可禁？余既博觀乎天下，曷有庶幾乎夫子之所為？死者不復生，嗟余去此其從誰？當秦氏之敗亂，得一士而可王[10]；何五百人之擾擾[11]，而不能脫夫子於劍鋩？抑所寶之非賢，亦天命之有常。昔闕里[12]之多士，孔聖亦云其遑遑[13]。苟余行之不迷，雖顛沛其何傷？自古死者非一，夫子至今有耿光。跽[14]陳辭而薦酒，魂髣髴[15]而來享。

〈賣油翁〉 歐陽修

陳康肅公堯咨善射，當世無雙，公亦以此自矜[16]。嘗射於家圃，有賣油翁釋擔[17]而立，睨[18]之，久而不去。見其發矢[19]十中八九，但微頷之[20]。

康肅問曰：「汝亦知射乎？吾射不亦精乎？」翁曰：「無他，但手熟爾。」康肅忿然曰：「爾安敢輕吾射！」翁曰：「以我酌油知之。」乃取一葫蘆置於地，以錢覆其口，徐[21]以杓[22]酌油瀝之[23]，自錢孔入而錢不濕。因[24]曰：「我亦無他，惟手熟爾。」康肅笑而遣之。

註解

1 **捉**：拾起。

2 **嘗**：曾經。

3 **軒冕**：「軒」指軒車，貴族、官員所坐的車子；「冕」指官員的禮帽。這裏說的是乘坐華麗馬車的王公貴冑。

4 **富**：財富、富貴。

5 **而**：如果。

6 **執鞭之士**：古代天子、諸侯和官員出入時，有二至八個手執皮鞭為之開路的小官，稱為執鞭之士，這裏的意思是指地位低下的職事。

7 **如**：前往。

8 **東京**：即洛陽，唐朝時設立的東都。

9 **田橫**：戰國齊國君王的後代。秦滅齊後，田氏家族堅持反秦。秦朝末年，田氏起兵恢復齊國。秦亡後，羣雄逐鹿，劉邦派韓信攻破齊國，田橫自立為齊王，率部下五百人退守海島。劉邦稱帝建立漢朝後，遣使招降，田橫帶隨從二人往洛陽。未到洛陽二十里外，因羞為漢臣，田橫自殺，島上五百部屬聞田橫死亦全部自殺，史稱「田橫五百士」。

10 **王**：這裏讀「旺」，作動詞用，解作稱王、統治天下。

11 **擾擾**：紛亂、繁多。

12 **闕里**：孔子故居和講學授徒之處，位於山東曲阜城內。

13 **遑遑**：心神不定的樣子。這句指孔子周遊列國時被困於陳蔡之事。

14 **跽**：長跪。

15 **髣髴**：即彷彿。

16 **自矜**：高傲自負。

17 **釋擔**：放下擔子。

18 **睨**：斜着眼睛看，形容不在意的樣子。

19 **矢**：箭。

20 **但微頷之**：「但」指「只」，「頷」是點頭。意思是只對此事微微點頭，略表示讚許。

21 **徐**：緩慢。

22 **杓**：原本指勺子的柄，這裏借指勺子。勺子是一種用來舀水的有柄器具。

23 **瀝之**：注入葫蘆中。

24 **因**：於是、因此。

文言文小知識

單音詞

漢字是一個字讀一個音節的，而在古代漢語中，每一個字都有意義，所以通常獨立一個字就能成為一個詞，稱為單音詞。雖然古漢語中也有由兩個字組合成詞，即雙音詞，但數量相對較少；這與現代漢語大多數都是雙音詞不同。

由於日常閱讀、用詞習慣不同，閱讀文言文時，單音詞總令人不知所措，甚至鬧出笑話，將文言的單音詞誤讀成白話文的雙音詞，例如在〈桃花源記〉中「率妻子邑人來此絕境」，句中「妻子」的「妻」指「妻子」，而「子」則是「孩子」，是兩個單音詞放在一起，包含兩個意思，而並非現代漢語中常用的「妻子」。

遇上單音節詞，可為它配上另一個字，以構成現代漢語中的詞彙，如「止」，配成「停止」；「富」配成「富貴」；「疑」配成「懷疑」等。配詞時如未能知道意思，可按上文下理，用現在常用的詞語來解釋，如〈賣油翁〉中「公亦以此自矜」，「矜」是「高傲」的意思，「自矜」就是高傲自負。

文言知識題

試寫出下列粗體字的意思。

1. 富而可**求**也。(《論語・述而》) ....

2. 為文而**弔**之。(韓愈〈祭田横墓文〉) ....

3. **多謝**後世人，戒之慎勿忘！(〈孔雀東南飛〉) ....

4. 忠臣發憤兮血淚**交流**。(《明史・方孝孺傳》) ....

5. 則**史書**之。(《呂氏春秋・重言》) ....

6. 有賣油翁釋擔而**立**，睨之，久而不去。(歐陽修〈賣油翁〉) ....

7. 乃取一葫蘆**置**於地，以錢覆其口。(歐陽修〈賣油翁〉) ....

8. 管揮鋤與瓦石不異，華捉而**擲**去之。(《世説新語・德行・割席斷交》) ....

文言知識題答案：

1. 追求
2. 憑弔 / 哀悼
3. 多告誡 / 鄭重告訴
4. 交錯流淌
5. 史官書寫
6. 站立
7. 放置
8. 擲掉 / 扔掉

二

【信守承諾】

1 童年陰影

「被騙」也許是許多人的「童年陰影」—— 爸爸答應了帶你去主題公園玩卻臨時要回公司加班；媽媽承諾讓你考完試之後可以玩遊戲機，卻食言逼你參加補習班……

我也有過這樣的「慘痛」經歷，童年時媽媽叫我把過年時得到的「利是錢」儲起來，還要儲到她的戶口中，説儲夠了就可以買自己想要的東西，她還會給我應得的利息。可是，一年、兩年、三年之後，她仍是説我儲得不夠多，最後，那些錢竟然「被貢獻」到家裏大裝修的基金中，我辛辛苦苦堅忍、節儉儲起來的錢，竟成了裝修費裏九牛一毛中的一毛。當她撫着我的頭讚我乖、感謝我作出的貢獻時，我感到晴天霹靂，差點昏了過去。

長大了之後才知道這事事態嚴重，因為這是「身教」，父母不守承諾，成了不好的示範，令孩子也輕視承諾，成了不守信的人。可是，錢早用光了，知道即使向媽媽曉以大義，錢也是討不回的。受到不良的身教，此後就成了「擋箭牌」，以後應承了回家喝湯卻失去了蹤影，應承了週日早早去霸位喝茶卻仍賴在牀上……都有了開脱的藉口。

我們來看看古人怎樣教孩子、怎樣重視身教吧！（建議也可以拿這書給父母看。）

有一天，曾子（孔子的學生曾參）的妻子要到市場去買菜，小兒子又哭又鬧要跟着去。曾子的妻子哄他：「你乖乖的留在家裏，等媽媽從菜市場回來後，殺了家裏養的那頭大肥豬給你吃。」小兒子聽了就不再哭。

她從市場上回來，赫然見到曾子正準備把豬殺掉，她連忙阻止說：「我剛才只是哄孩子，你怎能當真呢？」

曾子卻一臉認真地說：「年幼的孩子處處摹倣父母，聽從父母的教導。我們今天要是不殺豬，不單是欺騙孩子，而且也教他欺騙別人。母親欺騙孩子，孩子以後就不再相信母親的話了，你認為這是教育孩子的好方法嗎？」説完就拿起刀來把豬殺了。

2 上樑下樑

有一個學生在課堂上讀了〈曾子殺豬〉這故事之後，真的拿回家給媽媽看，並要求她以後要重視身教，要守信用，可是，他媽媽看了之後，若無其事的說：「我們的政府也不守信用啦！常常說要改善施政、改善民生，都是只說不做。上樑不正下樑歪嘛，你怎能這樣要求我？」

對了，我們怎麼會有這樣的政府呢？信守承諾對施政、治國是至關重要的呀！看看孔子怎麼說。

子貢向老師孔子請教治理國家的方法，孔子回答說：「只要有充足的糧食、充足的軍備以及得到人民的信任就行了。」子貢問：「如果迫不得已要去掉其中一項，三項中該先去掉哪一項？」孔子說：「去掉軍備。」子貢又問：「如果迫不得已還要去掉一項，兩項中去掉哪一項？」孔子說：「去掉糧食。自古每個人都難逃一死，但如果得不到人民的信任，就談不上治國了。」

莫説是身為父親、身為統治者了，就算是孩子之間説的戲言，也有機會被要求信守承諾的……因為，那孩子是一國之君嘛！我們來看看「桐葉贈弟」的故事。

西周初年，周武王駕崩後國家發生叛亂，年幼的太子姬誦在周公姬旦的扶助下做了君主，史稱周成王。有一天，姬誦和弟弟叔虞一起玩耍，姬誦在地上隨意撿起了一片桐葉，把它當作玉珪送給叔虞，並説：「這個玉珪送給你，我要封你到唐國去做諸侯。」叔虞聽了，歡天喜地的把這事情告知周公。

周公見到姬誦便問他：「你要分封叔虞嗎？」姬誦説：「沒有啊！那只是説着玩的。」周公卻認真地説：「天子無戲言！」後來，姬誦只好真的封叔虞為唐國的諸侯，把晉地賜給他，史稱唐叔虞。

重視信用，信守承諾，有時更遠不止殺一隻豬、封一個王這麼簡單，有時，守信更是要冒生命危險的，所以，我們作出承諾時要謹慎，要考慮清楚。

以下是一個為了守承諾而要冒生命危險的故事，你還記得在「割席斷交」故事中的華歆嗎？原來在歷史記載中，他並不是一個壞人。

華歆和王朗一起坐船逃難，有一個人從後趕上來想要跟他們一起走，華歆正想拒絕，王朗卻說：「船裏還算寬敞，為什麼不可讓他一起來？」於是讓那人上船，可是後來賊兵追近，情勢變得危急，王朗想要丟下那人不顧。華歆說：「我原先遲疑不想幫他的原因，就是擔心會遇上現在這情況。但既然已經接受了他的請求，現在怎可以因為情況緊急而丟下他呢？」於是仍舊帶着那個人逃難。

3 生死相許

我們對於承諾原來要如此謹慎，守信原來可以如此困難——我是否說得太嚴重了？最後，給大家說一個古書中有關守信的「鬼」故事，讓大家紓緩一下情緒吧！

東漢時有一個人名叫范式，字巨卿，是山陽郡金鄉縣人，他和汝南郡的張劭（字元伯）是好朋友，兩人曾一起在京城的太學學習。後來范式請假回家，離開前對張劭說：「兩年後我回來之時，一定去拜訪你的雙親，看看你的孩子。」兩人於是約好了日期。

兩年後，約定的日期要到了，張劭把這事情告訴母親，請她準備飯菜招待范式。他母親說：「相隔千里的兩個人在兩年前許下的諾言，你怎會這樣認真看待啊？」張劭說：「巨卿是個守信的人，他一定不會違背約定的。」他母親說：「真的如此，我就為你們釀造好酒吧！」到了約定的日期，范式果然來了。他登堂拜見了張劭的父母，然後一起飲酒，在歡聚一番後才和張劭告別。

後來張劭染了重病臥牀不起，朋友郅君章、殷子徵由早到晚照料他。張劭臨死時，歎息說：「遺憾的是未能見到我的生死之交最後一面。」殷子徵聽了說：「我與郅君章盡心盡力照顧你，不就是你生死與共的朋友嗎？你還想找誰來見你呢？」張劭說：「你們兩個只是我活着時的朋友，山陽郡的范巨卿才是我的生死之交。」張劭說完這話便離世。

就在張劭死後的某一夜，范式夢見張劭穿着黑衣，帽子的帶子也沒繫好，腳上拖着鞋子向他喊道：「巨卿，我已經死了，該在某日下葬，永遠被埋到地下了。你如果沒有忘記我的話，是否能趕來再見我一面？」范式醒來後，悲痛得哭了起來，馬上換上喪服，趕去奔喪。

然而，在范式未趕到之前，靈車已經啟行了。靈車到了墓地，仵工準備把棺木下葬，可是棺木卻忽然變得很重，像不肯向前似的。張劭的母親撫摸着棺木說：「元伯，你是否還有未了的心願呢？」她於是吩咐仵工把棺木放下。不久，有人乘着白車白馬痛哭着奔赴而來。張劭的母親看着那車馬說：「這一定是范巨卿了。」范式來到，他邊磕頭邊說：「走吧，元伯，死者和生者走的道路不同，從此我們永遠分別了。」來參加葬禮的有上千人，看到此情景都感動落淚。於是范式握着牽引棺木的繩索向前走，棺木這才可以向前移動。之後，范式留在墳邊給張劭填好墳、種了樹，才不捨地離去。

友誼可貴，生死契闊，信守承諾為友情增添了分量，令人為之動容。這是令人看了不會怕卻會哭的鬼故事。

文言文原文+註解

《韓非子・外儲說左上・曾子殺豬》

曾子[1]之妻之[2]市，其子隨之而泣，其母曰：「女[3]還，顧反，為女殺彘[4]。」妻適市來，曾子欲捕彘殺之，妻止之曰：「特[5]與嬰兒戲[6]耳。」曾子曰：「嬰兒非與戲也。嬰兒非有知也，待父母而學者也，聽父母之教，今子欺之，是教子欺也。母欺子，子而不信其母，非所以成教也。」遂烹彘也。

《論語・顏淵》

子貢問政。子曰：「足食，足兵[7]，民信之矣。」子貢曰：「必不得已而去，於斯三者何先？」曰：「去兵。」子貢曰：「必不得已而去，於斯二者何先？」曰：「去食。自古皆有死，民無信不立。」

《呂氏春秋・重言》

成王與唐叔虞燕居[8]，援[9]梧葉以為珪[10]，而授唐叔虞曰：「余以此封女。」叔虞喜，以告周公。周公以請曰：「天子其封虞邪？」成王曰：「余一人與虞戲[11]也。」周公對曰：「臣聞之，天子無戲言。天子言，則史書之，工誦之，士稱之。」於是遂封叔虞於晉。周公旦可謂善說[12]矣，一稱而令成王益重言，明愛弟之義，有輔王室之固[13]。

《世說新語・德行》

華歆、王朗俱乘船避難，有一人欲依附，歆輒[14]難[15]之。朗曰：「幸尚寬，何為不可？」後賊追至，王欲舍[16]所携人。歆曰：「本所以疑，正為此耳。既已納其自託，寧可以急相棄邪？」遂携拯如初。世以此定華、王之優劣。

《搜神記・卷十一・范巨卿張元伯》

漢范式，字巨卿，山陽金鄉人也，一名汜。與汝南張劭為友，劭字元伯，二人並游太學。後告歸鄉里，式謂元伯曰：「後二年當還，將過拜尊親，見孺子焉。」乃共克期日。

後期方至，元伯具以白母，請設饌以候之。母曰：「二年之別，千里結言[17]，爾何相信之審[18]耶？」曰：「巨卿信士[19]，必不乖違[20]。」母曰：「若然，當為爾醞酒。」至期果到，升堂拜飲，盡歡而別。

後元伯寢疾甚篤[21]，同郡郅君章、殷子徵晨夜省視之。元伯臨終，歎曰：「恨不見我死友[22]。」子徵曰：「吾與君章盡心於子，是非死友，復欲誰求？」元伯曰：「若二子者，吾生友耳；山陽范巨卿，所謂死友也。」尋[23]而卒。

式忽夢見元伯玄冕[24]垂纓[25]，屣履而呼曰：「巨卿，吾以某日死，當以爾時葬，永歸黃泉。子未忘我，豈能相及？」式恍然覺悟，悲歎泣下，便服朋友之服[26]，投其葬日，馳往赴之。未及到而喪已發引。既至壙[27]，將窆[28]，而柩不肯進。其母撫之曰：「元伯，豈有望耶？」遂停柩。移時，乃見素車白馬，號哭而來。其母望之曰：「是必范巨卿也。」既至，叩[29]喪言曰：「行矣元伯，死生異路，永從此辭。」

會葬者千人，咸[30]為揮涕。式因執紼而引，柩於是乃前。式遂留止冢次，為修墳樹，然後乃去。

註解

1 **曾子**：即曾參，孔子的學生，以孝順聞名於世。

2 **之**：到、前往。

3 **女**：同汝，指「你」。

4 **彘**：豬。

5 **特**：只是、不過。

6 **戲**：哄着玩。

7 **兵**：兵器，武備。

8 **燕居**：閒居，退朝而居。

9 **援**：拿、摘。

10 **珪**：也作「圭」，古玉的名稱，君王常用來作為承諾的憑據。

11 **戲**：開玩笑。

12 **説**：音「歲」，意思指游説、説服。

13 **固**：使王室鞏固。

14 **輒**：就。

15 **難**：排斥、不允許。

16 **舍**：通「捨」。

17 **結言**：諾言、口頭承諾。

18 **審**：認真。這句意思是：「怎麼相信得這麼認真呢？」

19 **信士**：信守承諾的人。

20 **乖違**：違背。

21 **篤**：嚴重。

22 **死友**：與「生友」相對，「生友」指在生時的好朋友。「死友」是不受陰陽相隔影響，生死不渝的好朋友。

23 **尋**：不久。

24 **玄冕**：黑色禮帽。

25 **垂纓**：掛着繫帽的帶子。

26 **服朋友之服**：穿上出席朋友喪禮的衣服。

27 **壙**：墓穴。

28 **窆**：落柩下葬。

29 **叩**：弔唁。

30 **咸**：全部、都。

文言文小知識

一詞多義

古代的字詞數量較少，所以令到一個單音詞需要用來作多個解釋，產生一詞多義的情況。一詞多義即是一個詞有兩個或以上的意思，例如「足」可以譯成「腳」(《老子‧六十四章》:「千里之行，始於足下。」)；可譯成「充足」(《論語‧顏淵》:「子曰：『足食，足兵，民信之矣。』」)；也可解作「值得」(蘇軾〈留侯論〉:「其身之可愛，而盜賊之不足以死也。」)

一個詞之所以會有多個意義，原因是一個詞除了本身的意義，即本義外，還有引申義，即由本義引申發展而產生的意義，由詞的本義作為基礎，引申出許多個不同的意義。雖然如此，但是多個詞義之間，經常互相聯繫着，圍繞着一個中心。如「道」字，本義的「道路」，如《論語‧泰伯》:「士不可以不弘毅，任重而道遠。」引申為達到道德的途徑，如《論語‧里仁》:「子曰：『朝聞道，夕死可矣！』」又引申為正確手段、正當方法，如《論語‧里仁》:「子曰：『富與貴是人之所欲也，不以其道得之，不處也。』」由一個本義作引申，然後又再作引申之後，詞的意義自然變得豐富。

文言知識題

試寫出下列粗體字的意思。

益

1. 一稱而令成王**益**重言，明愛弟之義。(《呂氏春秋・重言》) ____________
2. **益**習其聲，又近出前後，終不敢搏。(柳宗元〈黔之驢〉) ____________
3. 是**益**其弊而厚其疾也。(《新唐書・獨孤及傳》) ____________
4. 苟**益**濟代心，獨善亦何**益**。(李白〈贈韋秘書子春詩二首之一〉) ____________

俱

5. 華歆、王朗**俱**乘船避難。(劉義慶《世説新語・德行》) ____________
6. 伊尹、箕子才**俱**也，伊尹為相，箕子為奴，伊尹遇成湯，箕子遇商紂也。(王充《論衡・逢遇篇》) ____________
7. 萬端**俱**起，不可勝理。(《戰國策・蘇秦以連橫説秦》) ____________
8. 五藏在內，五行氣**俱**。(王充《論衡・物勢篇》) ____________

適

9. 妻**適**市來，曾子欲捕彘殺之。(韓非《韓非子・外儲説左上・曾子殺豬》) ____________
10. 先主斜趨漢津，**適**與羽船會。(《三國志・蜀志・先主傳》) ____________
11. 由此觀之，神農非高於黃帝也，然其名尊者，以**適**於時也。(商鞅《商君書》) ____________
12. 陛下之臣雖有悍如馮敬者，**適**啟其口，匕首已陷胸矣。(賈誼《治安策》) ____________

文言知識題答案：

1. 更加
2. 漸漸
3. 增加
4. 好處
5. 一起
6. 相同、一樣
7. 皆、都
8. 具備 / 俱備
9. 到 / 前往
10. 恰好 / 剛好 / 適逢
11. 適合、適宜
12. 剛剛 / 才

【堅持信念】

1 去到幾盡？

有一陣子，一些人喜歡把這話掛在口邊：「為了ｘｘ，你可以去到幾盡。」

大意謂為了某種愛好、某個理想、某種信念，你可以投入多少、付出多少、犧牲多少？

你不妨花點時間想想這個問題。

以下的一個故事，與此有關。請思考一下這個問題：為了一塊石頭，你可以去到幾盡？因它而被砍掉左腳？被砍掉右腳？甚至被砍掉雙腳？

太可怕了吧？只為了區區一塊石頭，值得作這麼大犧牲嗎？有些人說：除非那是一塊玉石吧！還要是像和氏璧那樣價值連城的玉石，才值得考慮。

和氏璧？那當然了，如果你讀過〈廉頗藺相如列傳〉這文章，你會知道藺相如曾以性命守護和氏璧，令它得以完璧歸趙；其後秦、趙兩國還險些為了它而大動干戈，打起仗來，那將會死傷無數了。

對哩，現在説的就是這塊和氏璧，然而，當時這個為了它而被砍掉雙腿的人，並不是因為已聞名天下的寶玉，而是一切回到和氏璧尚未為人所知，它還是一塊毫不顯眼的石頭的時候，這人竟已為了它而不惜一切……

那是一個關於堅持信念的故事……

春秋時代，楚國有一個人名叫卞和，他在楚山東麓的一個山洞中找到一塊璞玉（內部包着玉的石頭），便想將這塊璞玉獻給當時的國王楚厲王。厲王看到這塊平平無奇的石頭，心裏懷疑，便召來玉匠鑒別。那平庸的玉匠看了之後説這只是一塊普通的石頭，厲王因此大怒，認為卞和欺君犯上，命人砍掉卞和的左腳。

厲王死後，楚武王繼位，死心不息的卞和又捧着這璞玉去獻給武王。武王又叫來玉匠鑑別，玉匠看了看，還是認為卞和所獻的只不過是一塊普通石頭。歷史重複，武王同樣因而大怒，命人把卞和的右腳也砍掉了。

武王死後，文王繼位，卞和又想去獻璞玉，可是他被砍了雙足無法行走，只好抱着璞玉爬到楚山腳下，大哭三天三夜。他的眼淚流乾了，眼角竟淌下鮮血來。文王聽到有人在楚山腳下抱着璞玉哭至眼角淌血的奇聞，於是派人去問個究竟。

卞和回答說：「我不是因為失去了雙腳而哭，我所痛心的是珍貴的玉石被看成普通的石頭，忠貞的人被當成了騙子！」文王得悉後，派人把卞和與玉璞迎進宮中，命玉匠剖開璞玉，果然發現裏面是一塊稀世奇珍的玉石，玉匠將這塊玉精心製成一塊圓形的璧玉。文王將璧玉命名為「和氏璧」，以紀念卞和的忠貞與堅持。

如果沒有卞和的獨具慧眼，識名滿天下的美玉於璞玉之時，並不惜為之犧牲，這塊美玉就不會被發掘，和氏璧這個故事就不會流傳千古了。

也許有些人會為之感到不值，怎麼值得為一塊美玉失去雙腳，成為殘廢？又有些人會說既然卞和那麼肯定這是一塊美玉，為什麼他自己不把璞玉剖開、打磨，然後自己收藏或拿去賣個好價錢？

然而，就是有一些人那麼執著地相信自己的眼光、鑑賞能力，那麼執著於要把最寶貴的呈獻給國家，那麼執著於用同一種方法反復嘗試，不到黃河心不死。

我認為這是十分值得尊敬的，也可以說，沒有了和氏被刖雙腿這麼悲壯的故事，也許和氏璧就沒那麼快名聞天下，成為國家級寶物了。

❷ 魚與熊掌

為了自己執著的信念、價值觀，不只可以犧牲雙腿，有些人甚至甘心為之賠上生命，我們來看看《孟子》的〈魚我所欲也〉。

孟子說：魚，是我想要的東西；熊掌，也是我想要的東西，如果兩者不能兼得，那只好放棄魚而要熊掌。生命，是我想要的；正義，也是我想要的，如果兩者不能兼得，只好犧牲生命來換取正義。生命是我所愛的，但是我所愛的東西有比生命更甚的，所以我不會苟且偷生。死亡是我厭惡的，可是我所厭惡的東西有比死亡更甚的，所以遇到災禍也不躲避。如果人們想要的東西沒有比生命更重要的話，那麼，一切可用以保住生命的手段，我們會不採用嗎？如果人們厭惡的沒有比死亡更甚的，那麼，一切可以避開禍患的方法，我們會不採用嗎？靠不義的手段就可以苟存生命，有些人卻不肯採用；靠不義的方法就可以避免禍患，有些人卻不肯去做。這樣看來，喜歡的有比生命更重要的，厭惡的有比死亡更甚的，不單有道德的人會這樣做，每個人都會這樣做，只是有道德的人能夠最終也保持着、不喪失這種信念罷了。

一碗飯、一碗湯羹，得到了就能活下去，得不到便會餓死，然而，呼呼喝喝地把這些賴以維生的食物施捨給人，就算是路途上餓慘了的人都不會接受；用腳踢過去給別人，就算是乞丐也不屑看它一眼。

然而，有人面對着優厚的俸祿卻不會分辨這是否符合禮義就接受，那麼，優厚的俸祿對於我有什麼好處呢？只是為了豪華的住宅、得到妻妾的侍奉和令我所認識的窮人感激我嗎？過去寧願死也不肯接受，今天為了豪華的住宅卻去做不義的事；過去寧願死也不肯接受，今天為了得到妻妾的侍奉卻去做這種事；過去寧願死也不肯接受，今天為了令所認識的窮人感激我卻去做這種事，這種不符合禮義的做法為什麼不可以停止呢？——這是因為他喪失了可貴的本性。

為了堅持信念，有些人不惜為之犧牲性命，這其實是很難做到的，難能所以可貴，這些人是難得的、可敬的。在中國歷史上，這些為了正義、為了堅持信念而不惜犧牲的人為數不少，有些人為之賠上自己了性命，甚至身邊許多人的性命。

明成祖朱棣在篡奪了他的侄兒建文帝的王位後，想要當時名滿天下的忠臣方孝孺為他起草即位詔書。方孝孺被召到朝廷，他為國家悲哭的聲音響遍大殿。成祖走下臥榻慰問他說：「先生不要自取其苦，我只是想要仿效周公輔佐成王的方式幫忙治國罷了。」方孝孺問：「那麼你要輔佐的周成王（指建文帝）在哪裏？」成祖答：「他已經自焚而死了。」方孝孺又問：「那為什麼不立成王的兒子（指建文帝年幼的兒子）？」成祖說：「治理國家有賴成年的君王。」方孝孺說：「那為什麼不立成王的弟弟？」成祖不耐煩了，惱羞成怒的答道：「這是我們朱家的事。」他回過頭去示意左右侍者拿紙筆給方孝孺，說道：「起草詔書非得由先生你來不可。」方孝孺卻把筆擲到地上，哭着罵：「死就死吧，詔書我不能寫。」成祖大怒，下令將方孝孺車裂於街市。方孝孺慷慨就義，時年四十六歲。

中國的儒家思想重視人倫——君君、臣臣、父父、子子，在方孝孺眼中，明成祖是毀壞人倫、眼中無父無君的亂臣賊子，他寧死也不肯屈服為之效命。某些歷史書記載方孝孺因不肯寫詔書而觸怒朱棣時，朱棣恐嚇他：「你不怕我誅你九族？」方孝孺坦然無懼地回答：「誅我十族又如何？」朱棣於是當其面前殘殺其家人、朋友，滅十族（包括他的學生），遇難者有八百多人。

3 愚公移山

說了這麼多，現在再問你：為了追尋理想、堅持信念，你可以去到幾盡？

可以不惜被斬雙腿、犧牲自己及親屬的性命？

也許我們不必這樣，我們可以效法一下愚公。愚公移山的故事你大概聽過了吧？或者你已經讀過《列子‧湯問》中的文章，知道這故事的內容？

在冀州的南部、黃河的北岸，有太行和王屋兩座大山，這兩座山佔地方圓七百里，高數萬尺。北山上住了一個叫做愚公的老人，他已經將近九十歲了。他就住在這兩座高山的對面，由於這兩座高山阻擋了往北面的通道，無論進出都要繞很遠的路。愚公對這個問題感到非常煩惱，於是召集了家人一起商量。他說：「我想和大家一起剷平這兩座山，那麼我們就可以暢通無阻地通到豫州南部、漢水南岸，大家認為怎樣？」

他的家人都贊成，但是愚公的妻子不以為然的說：「我看以你的力量連魁父這小山都動不了分毫，何況太行和王屋這兩座大山呢？況且，山上的那麼多土石我們可放到哪裏？」家人討論之後，決定要將土石堆到渤海邊上、隱土的北面去。愚公就挑了三個較強壯的子孫，跟着他一起去鑿石頭、挖泥土，然後他們把挖出來的土石，用畚箕運到渤海邊。

愚公的鄰居京城氏寡婦有一個年約七、八歲的兒子，也蹦跳着去加入他們，甚至因為移山的工作繁重，每年只能回家一次。河曲有一個公認為有智慧的老人，看到愚公他們的行為就取笑說：「你也太沒自知之明、太不自量力了！你看你年紀這麼大，力氣又這麼小，連山上的一根小草都動不了，你能夠移動大山的一分一毫嗎？」

愚公長歎說：「你的思想真頑固，頑固到不懂轉彎，我看你連寡婦和弱小的孩子也及不上。要是我死了，我還有兒子、孫子，子孫繁衍下去是無窮盡的。相對而言，這兩座山卻不會長高、長大，我又豈用擔心移不平他們呢？」智慧的老人聽了愚公的話竟不懂反駁。

山神聽說了愚公要移山的事，他擔心愚公真的要帶領子子孫孫世代辛苦下去，所以把事情向天帝報告。天帝知道後，被愚公的堅毅所感動，命令夸蛾氏的兩個兒子，各背負一座山放到朔方的東邊和雍州的南部，從此以後，冀州的南部、漢水的南岸再也沒有高山阻隔，路路暢通了。

堅持不懈的力量可以一呼百應，可以移山填海，可以感天動地。你為了ｘｘ，又可以去到幾盡？

文言文原文+註解

《韓非子‧和氏》

楚人和氏得玉璞楚山中，奉[1]而獻之厲王。厲王使玉人[2]相之，玉人曰：「石也。」王以和為誑[3]，而刖其左足。及厲王薨[4]，武王即位，和又奉其璞而獻之武王。武王使玉人相之，又曰：「石也。」王又以和為誑，而刖其右足。武王薨，文王即位，和乃抱其璞而哭於楚山之下，三日三夜，泣盡而繼之以血[5]。王聞之，使人問其故，曰：「天下之刖者多矣，子奚哭之悲也？」和曰：「吾非悲刖也，悲夫寶玉而題之以石，貞士[6]而名之以誑，此吾所以悲也。」王乃使玉人理[7]其璞而得寶焉，遂命曰：「和氏之璧。」

《孟子・告子上・魚我所欲也》

孟子曰：「魚，我所欲也；熊掌，亦我所欲也。二者不可得兼，舍魚而取熊掌者也。生，亦我所欲也；義，亦我所欲也。二者不可得兼，舍生而取義者也。生，亦我所欲，所欲有甚於生者，故不為苟得也。死，亦我所惡，所惡有甚於死者，故患有所不辟也。如使[8]人之所欲莫甚於生，則凡可以得生者，何不用也？使人之所惡莫甚於死者，則凡可以辟患者，何不為也？由是則生而有不用也；由是則可以辟患而有不為也。是故所欲有甚於生者，所惡有甚於死者，非獨賢者有是心也，人皆有之，賢者能勿喪耳。一簞食[9]，一豆羹[10]，得之則生，弗得則死。嘑[11]爾而與之，行道之人弗受；蹴爾[12]而與之，乞人不屑也。萬鍾[13]則不辯禮義而受之。萬鍾於我何加焉？為宮室之美、妻妾之奉，所識窮乏者得我與[14]？鄉[15]為身死而不受，今為宮室之美為之；鄉為身死而不受，今為妻妾之奉為之；鄉為身死而不受，今為所識窮乏者得我而為之，是亦不可以已[16]乎？此之謂失其本心。」

《明史・卷一百四十一・方孝孺傳》

先是，成祖發北平，姚廣孝以孝孺為託，曰：「城下之日，彼必不降，幸勿殺之。殺孝孺，天下讀書種子絕矣。」成祖頷之。至是欲使草詔。召至，悲慟聲徹殿陛[17]。成祖降榻[18]勞[19]曰：「先生毋自苦，予欲法周公輔成王耳。」孝孺曰：「成王安在？」成祖曰：「彼自焚死。」孝孺曰：「何不立成王之子？」成祖曰：「國賴長君。」孝孺曰：「何不立成王之弟？」成祖曰：「此朕家事。」顧左右授筆劄[20]，曰：「詔天下，非先生草不可。」孝孺投筆於地，且哭且罵曰：「死即死耳，詔不可草。」成祖怒，命磔[21]諸市。孝孺慨然就死，作絕命詞曰：「天降亂離兮孰知其由，奸臣得計兮謀國用猶[22]。忠臣發憤兮血淚交流，以此殉君兮抑又何求。嗚呼哀哉兮庶不我尤。」時年四十有六。其門人德慶侯廖永忠之孫鏞與其弟銘檢遺骸瘞[23]聚寶門外山上。

《列子・湯問・愚公移山》

太形[24]、王屋[25]二山，方七百里，高萬仞。本在冀州之南、河陽之北。北山愚公者，年且九十，面山而居。懲[26]山北之塞[27]，出入之迂[28]也。聚室而謀曰：「吾與汝畢力平險，指通豫南[29]，達於漢陰[30]，可乎？」雜然相許。其妻獻疑[31]曰：「以君之力，曾不能損魁父[32]之丘，如太形王屋何？且焉置土石？」雜曰：「投諸渤海之尾，隱土之北。」遂率子孫荷擔者三夫，叩石墾壤，箕畚運於渤海之尾。鄰人京城氏之孀妻，有遺男，始齔[33]，跳往助之。寒暑易節[34]，始一反焉。河曲智叟笑而止之，曰：「甚矣，汝之不惠！以殘年餘力，曾不能毀山之一毛，其如土石何？」北山愚公長息曰：「汝心之固，固不可徹，曾不若孀妻弱子。雖[35]我之死，有子存焉；子又生孫，孫又生子；子又有子，子又有孫；子子孫孫，無窮匱也，而山不加增，何苦而不平？」河曲智叟亡[36]以應。操蛇之神[37]聞之，懼其不已也，告之於帝。帝感其誠，命夸蛾氏[38]二子負二山，一厝[39]朔東，一厝雍南。自此冀之南，漢之陰，無隴斷焉。

註解

1 **奉**：捧着。

2 **玉人**：雕琢玉石的工匠。

3 **誑**：欺騙。

4 **薨**：諸侯的死稱為「薨」。

5 **泣盡而繼之以血**：眼淚流盡，接着流出血來。

6 **貞士**：誠實、有誠信的人。

7 **理**：治玉，把璞剖開琢磨。

8 **如使**：假使、假如。

9 **簞食**：「簞」是圓形竹製的盛飯器具；「食」音「飼」，意思是飯。

10 **豆羹**：「豆」是木製的器皿，用來盛漿、湯等食物；「羹」是指菜肉雜煮而成的食物，如湯羹、肉羹等。

11 **嘑**：同「呼」，呼喝。

12 **蹴爾**：踐踏。

13 **萬鍾**：「鍾」是古代量器；「萬鍾」意思指俸祿之多。

14 **與**：同「歟」，嗎、呢的意思。

15 **鄉**：同「向」，從前。

16 **已**：停止。

17 **陛**：台階、階梯。

18 **降榻**：「榻」通常指狹長近地的矮牀。降榻意思是從榻上下來。

19 **勞**：安慰。

20 **箚**：同「札」，指公文。

21 **磔**：分裂肢體的酷刑，又名「車裂」。

22 **猶**：計謀。

23 **瘞**：埋葬。

24 **太形**：即太行山，在今山西高原與河北平原之間。

25 **王屋**：山名，在今山西陽城縣西南一帶。

26 **懲**：苦於。

27 **塞**：堵塞。

28 **迂**：迂迴曲折。

29 **豫南**：古地名，豫州，在今河南省黃河南邊一帶。

30 **漢陰**：漢水的南邊。「陰」在古代指山的北邊或水的南邊。

31 **獻疑**：提出疑問。

32 **魁父**：小山名。

33 **齔**：指兒童換牙，即大概六、七歲。

34 **寒暑易節**：季節改變，即一年。「易」解作變換、改變。

35 **雖**：即使。

36 **亡**：無。

37 **操蛇之神**：神話傳說中的山神，因手拿着蛇而得名。

38 **夸蛾氏**：傳說中的大力神。

39 **厝**：同「措」，指放置。

文言文小知識

通假字

通假字是閱讀文言文時很常見的一種現象，所謂「通」指通用，「假」指假借，意思是在表示某個意義時，不用本身的字，而借用其他字來代替。通假字源於古人省事、筆誤或方言習慣的寫法，所以常用其他古代同音、近音或近形字代替本字，沿用下來便成為習慣。在不少古漢語辭書或古代名著中，常在解釋中出現「通某字」的條目，那些都是通假字。

通假通常是有以下三種規律：

1. **同音通假**：如《孟子・離婁章句下・齊人有一妻一妾》中：「蚤起，施從良人之所之。」「蚤」通「早」，解作早上。

2. **雙聲通假**：如《管子・法禁》中：「故舉國之士以為亡黨。」「亡」通「盟」，解作結盟。

3. **疊韻通假**：如王充《論衡・問孔》中：「然則孔子不粥車以為鯉椁，何以解於貪官好仕恐無車？」「粥」通「鬻」，解作賣。

文言知識題

試寫出下列粗體字的通假本字和詞義。

	本字	詞義
例：所惡有甚於死者，故患有所不**辟**也。（《孟子‧告子上‧魚我所欲也章》）	避	躲避
1. 一簞食，一豆羹，得之則生，**弗**得則死。（《孟子‧告子上‧魚我所欲也章》）		
2. **鄉**為身死而不受，今為宮室之美為之。（《孟子‧告子上‧魚我所欲也章》）		
3. 寒暑易節，始一**反**焉。（《列子‧湯問‧愚公移山》）		
4. 男女有**昏**，生死相恤。（班固《漢書‧晁錯傳》）		
5. 公子光**詳**為足疾，入窟室中，使專諸置匕首魚炙之腹中而進之。（司馬遷《史記‧刺客列傳》）		
6. 華陽夫人無子，能立**適**嗣者獨華陽夫人耳。（司馬遷《史記‧呂不韋列傳》）		
7. 甚矣，汝之不**惠**！（《列子‧湯問‧愚公移山》）		

文言知識題答案：

本字	詞義
1. 不	不
2. 向	過往 / 昔日
3. 返	往返
4. 婚	婚嫁 / 結婚
5. 佯	假裝 / 偽裝
6. 嫡	繼承人
7. 慧	聰明

四

【知己知人】

1 推心置腹

你有要好的朋友嗎？你對他／她了解多少？他／她對你又了解多少？朋友之間的互相了解，對增進彼此的感情有着重要作用。

除此之外，你對自己的父母、兄弟姊妹、老師、同學又了解多少？你對他們付出足夠的關心了嗎？他們對你又有多了解、關心呢？

了解他人和被他人了解，有那麼重要嗎？以下這個故事，絕對道出了朋友了解自己的重要性，有這樣的朋友，還真令人羨慕哩！

春秋時代，齊桓公立志稱霸天下，於是聽從大夫鮑叔牙的建議，把曾經與自己為敵的仇人管仲「請」回齊國，任以國政。管仲不負所望，相齊後制定合理的政策，「設輕重魚鹽之利，以贍貧窮，祿賢能」，通貨積財，富國強兵，輔佐齊桓公「九合諸侯，一匡天下」，成為春秋時期的第一位霸主。

當時，到底鮑叔牙是怎樣向國君推薦好友管仲，令他得到重用的呢？

管仲和鮑叔牙自小便認識，交情深厚，互相了解。長大後，管仲和鮑叔牙分別給齊國的公子糾和公子小白當老師。當時齊國的國君齊襄王非常殘暴，荒廢朝政，荒淫無度，最後被大臣們殺死了。齊襄王死後，為了爭奪王位，公子糾和公子小白展開了激烈的鬥爭，鮑叔牙和管仲也各為其主，結果是公子小白奪得了王位，就是後來的齊桓公。公子糾逃亡在外，被魯國人殺死，他的老師管仲也成了階下囚，差點兒被殺掉。鮑叔牙得知管仲被囚，就對桓公說管仲是個非常有才幹的人，從前與王作對，只是他忠於自己的主人，並不是什麼大罪，如果桓公能夠重用他，一定可以成就霸業。齊桓公採納了鮑叔牙的建議，拜管仲為相，位居鮑叔牙之上，輔佐齊桓公成就了霸業。

其實，管仲對引薦自己的鮑叔牙是心存感激的，他曾對大臣們說：當初他窮困時和鮑叔牙合夥經商，每次分利時都是分給自己的比鮑叔牙多，而鮑叔牙並不認為他貪財，這是因為知道他家貧缺錢用。他做生意虧本時，鮑叔牙並不認為他愚蠢，而是明白到那是因為時勢不配合。他三次出仕，三次被逐，鮑叔牙並不認為他沒有才能，而是認為他生不逢時。他三次作戰失利逃跑，鮑叔牙並不認為他怯懦，而是知道他家中有老母要照顧。他在受刑期間，受了許多屈辱，鮑叔牙並不認為他寡廉鮮恥，而是了解他不拘小節而恥於才智無法發揮。管仲這樣形容他和鮑叔牙之間的友誼：「生我的是父母，知我的是鮑叔牙！」

因此，後人用「管鮑之交」來形容互相推心置腹的知心朋友。可以說如果沒有鮑叔牙，管仲就沒有出頭之日，而沒有管仲的輔佐，齊桓公也不可能成為春秋的霸主。鮑叔牙向齊桓公推薦管仲後，自己甘心做下屬，他的子孫在齊國世代享受俸祿，十幾代人擁有封地，有不少人更曾是齊國著名的大夫。撰寫《史記》的司馬遷說：「人們更多的不是稱道管仲的才能，而是稱讚鮑叔牙善於知人。」

2 永不止息

你有好朋友嗎？你珍惜你的好朋友嗎？我們該怎樣善待自己的朋友呢？我們可學習鮑叔牙，也可以學習《聖經》。《聖經》中著名的「愛篇」，是教我們怎樣愛人的：

愛是恆久忍耐，又有恩慈。愛是不嫉妒，愛是不自誇，不張狂；不作害羞的事，不求自己的益處，不輕易發怒，不計算人的惡；不喜歡不義，只喜歡真理。凡事包容，凡事相信，凡事盼望，凡事忍耐。愛是永不止息。(〈哥林多前書〉13 章 4 至 8 節)

我們試比較一下，鮑叔牙對待管仲這位朋友，同樣有許多忍耐、包容，他包容朋友的缺點，寬容朋友的錯誤，同時諒解他犯錯背後的原因。他了解自己的朋友，同時相信朋友的能力，不嫉妒朋友，不求自己的益處，他對管仲，真是很好的「友愛」教育。

鮑叔牙因了解自己的朋友而被千古傳誦，管仲因為好朋友了解自己而得免殺身之禍，還被推薦獲國君重用，官至丞相。說到鮑叔牙了解管仲，其實管仲亦很有知人之明，不單止朋友，他對當時為君主工作的人的能力、品格等亦十分了解。

管仲被齊桓公任用為相後，不但建立了良好法制，使齊國走上富強之路，在知人善任的方面也有獨到見解。齊桓公四十一年，管仲病重，齊桓公前去探望，問管仲將來誰可接任宰相之職。齊桓公心目中的人選是易牙、開方和豎刁，管仲卻認為這三個人都不可重用，倘若重用他們就會成為國家的禍害。他這樣分析這三個人：「易牙烹了自己的兒子給你吃，以取得你的信任；開方為了追隨你而完全不理會家鄉的父母；豎刁為表對你的忠心而自行閹割，這三個人所做的事都是不合乎人情的，不可親近他們。」可是，在管仲死後，齊桓公漸漸忘了他的話，重用這三個人，終於讓這三人專權亂政。

上面引述管仲分析那三個人的話只有短短幾句，讓我們認識這三個人多一些吧！

易牙是春秋時期齊國人，擅長烹飪，常常烹調珍饈百味給齊桓公吃。有一次，吃膩了山珍海味的齊桓公開玩笑說自己什麼都吃過了，但就未曾吃過嬰兒的肉。易牙聽後竟烹了自己的兒子給齊桓公吃，以取得齊桓公的信任。衞開方是春秋時期衞國的一位貴族，在齊桓公身邊努力表現竭盡忠誠，他每天如影隨形地追隨桓公，為他效命，因此十五年沒有回家，父母去世也不回去奔喪。豎刀又或叫豎刁是春秋時齊國宦官，他為了表示對齊桓公的忠心，竟自行閹割，令自己可出入女眷眾多的後宮中，也不讓君主起疑心。

3 知人之明

管仲說過：「生我者父母，知我者鮑子也。」也許許多人也和他一樣，認為父母也不及好朋友了解自己。當然，會有例外的，歷史上就有一個女子因了解自己的兒子而得免殺身之禍。

戰國時，趙國大將趙奢軍功卓著，他死後兒子趙括也成了將領。秦國攻打趙國的時候，趙孝成王委派趙括替代廉頗任趙軍主將。趙括將要領兵出發，他的母親卻上書給趙王說：「趙括不適合擔任趙軍將領。」趙王召見她，問她為什麼這樣說，她回答：「以前我侍奉他爸爸趙奢的時候，當時趙奢身為趙國邊防將領，他的身邊仰賴他養活的人數以十計；和他有交往的人數以百計。大王以及宗室貴族有賞賜金銀布疋的，他全都會分賜給麾下將士、屬吏。接受軍命之日，他就不再分心管家裏的事（由此可見他處事大公無私）。然而如今趙括剛剛受命為將領，就坐上主人的尊位（坐西朝東），要麾下屬員向他朝拜，他們甚至不敢抬頭看他。大王所賞賜的金銀布疋，他全數私藏起來，並擇日看看有沒有便宜的屋舍可以買的。這樣，大王還以為他跟他父親一樣勝任大將軍嗎？他們父子倆心中的想法不同，請別任命趙括為趙軍將領！」

趙王說：「老人家別說了！我已經決定了。」趙括的母親再說：「大王還是執意讓趙括領兵的話，那如果他有不稱職，請讓我不要受他牽連而獲罪，可以嗎？」趙王回答：「我不會讓你受他牽連的。」

趙括接替了廉頗的大將之位後，才過了三十幾天，趙國軍隊就敗陣了，主將趙括身死，趙軍全軍覆沒，被秦國將領白起活埋了四十餘萬人，這是我國歷史上有名的「長平之戰」。趙孝成王因為之前應允了趙括的母親，因此她最終沒因受到牽連而被處死，她因為有知人之明而挽救了自己的生命。

上面說了幾個故事，在在都說明了「知人」的重要；我認為「知人」固然重要，「為人所知」也是十分重要的。誰不想被父母、朋友所了解、體諒呢？可是，如果了解我們的人，對我們的弱點也瞭如指掌，且不時作出指正，這樣的「了解」，我們又受得了嗎？如果你有這樣的胸襟，肯接納朋友的諍言、身邊人的指正，那麼我可以告訴你：你不單止是一個胸襟廣闊的人，而且，你也將會成為一個有成就的人。讓我們來看看唐太宗和魏徵的故事。

魏徵是唐太宗李世民的諫官，秉性耿直、忠心而且有膽識，敢犯顏直諫，常令太宗大怒，但魏徵依然據理力爭，毫不退讓，漸漸令到唐太宗對他敬畏與器重。後來魏徵病逝家中，太宗親臨弔唁，痛哭着說：「以銅作為鏡子，可以用作整理自己的衣冠；以歷史作為鏡子，可以知道歷代興衰的原因；以人作為鏡子，可以明白自己的得失。」

唐太宗這名言（「以銅為鏡，可以正衣冠；以古為鏡，可以知興替；以人為鏡，可以明得失。」）傳誦千古，而「以人為鏡」、善納諫言被公認為他能夠成為萬代名君的成功關鍵。如果你也想改進自己，有所成就，也當以人為鏡，察納雅言，多認識自己、改善自己。

《史記·管晏列傳》

管仲夷吾[1]者，潁上[2]人也。少時常與鮑叔牙游[3]，鮑叔知其賢。管仲貧困，常欺[4]鮑叔，鮑叔終善遇之，不以為言。已而鮑叔事[5]齊公子小白，管仲事公子糾。及小白立為桓公，公子糾死，管仲囚焉。鮑叔遂進[6]管仲。管仲既用，任政於齊，齊桓公以霸，九[7]合諸侯，一匡[8]天下，管仲之謀也。

管仲曰：「吾始困時，嘗與鮑叔賈[9]，分財利多自與，鮑叔不以我為貪，知我貧也。吾嘗為鮑叔謀事而更窮困，鮑叔不以我為愚，知時有利不利也。吾嘗三仕三見逐于君，鮑叔不以我為不肖[10]，知我不遭時也。吾嘗三戰三走，鮑叔不以我為怯，知我有老母也。公子糾敗，召忽[11]死之，吾幽囚受辱，鮑叔不以我為無恥，知我不羞小節而恥功名不顯於天下也。生我者父母，知我者鮑子也。」

鮑叔既進管仲，以身下之。子孫世祿於齊，有封邑者十余世，常為名大夫。天下不多[12]管仲之賢而多鮑叔能知人也。

《史記・齊太公世家》

管仲病，桓公問曰：「羣臣誰可相者？」管仲曰：「知臣莫如君。」公曰：「易牙如何？」對曰：「殺子以適[13]君，非人情，不可。」公曰：「開方如何？」對曰：「倍[14]親以適君，非人情，難近。」公曰：「豎刀如何？」對曰：「自宮[15]以適君，非人情，難親。」管仲死，而桓公不用管仲言，卒[16]近用三子，三子專權。

《列女傳·仁智·趙將括母》

趙將馬服君趙奢之妻，趙括之母也。秦攻趙，孝成王使括代廉頗為將。將行，括母上書言於王曰：「括不可使將。」王曰：「何以？」曰：「始妾事其父，父時為將，身所奉飯者[17]以十數，所友者以百數。大王及宗室所賜幣帛，盡以與軍吏士大夫。受命之日，不問家事。今括一旦為將，東向而朝軍吏[18]，吏無敢仰視之者。王所賜金帛，歸盡臧[19]之。乃日視便利田宅可買者。王以為若其父乎？父子不同，執心各異。願勿遣。」王曰：「母置之，吾計已決矣。」括母曰：「王終遣之，即有不稱，妾得無隨乎？」王曰：「不也。」括既行，代廉頗。三十餘日，趙兵果敗，括死軍覆。王以括母先言，故卒不加誅。君子謂括母為仁智。

《舊唐書·魏徵傳》

太宗親臨慟哭，廢朝五日，贈司空、相州都督，謚曰文貞，給羽葆[20]鼓吹、班劍四十人，賻絹布千段、米粟千石，陪葬昭陵。及將祖載，徵妻裴氏曰：「徵平生儉素，今以一品禮葬，羽儀甚盛，非亡者之志。」悉辭[21]不受，竟以布車載柩，無文彩之飾。太宗登苑西樓，望喪而哭，詔百官送出郊外。帝親製碑文，贈為書石。其後追思不已，賜其實封九百戶。嘗臨朝謂侍臣曰：「夫以銅為鏡，可以正衣冠；以古為鏡，可以知興替；以人為鏡，可以明得失。朕常保此三鏡，以防己過。今魏徵殂逝[22]，遂亡[23]一鏡矣！」

註解

1 **管仲**：管仲名夷吾，字仲，春秋時的政治家。

2 **潁上**：水名，潁水，發源於河南，流入安徽。

3 **游**：交往。

4 **欺**：管仲和鮑叔牙合作做生意，其後分配錢財。「欺」是指管仲分錢財時不平均，常會自己佔多數。

5 **事**：侍奉。

6 **進**：推薦、推舉。

7 **九**：指多次，並非實數。

8 **匡**：糾正、扶正。

9 **賈**：音「古」，指做生意、經商。

10 **不肖**：不賢、無才能。

11 **召忽**：公子糾的下屬。

12 **多**：稱讚。

13 **適**：迎合。

14 **倍**：背離、背叛。

15 **自宮**：自行閹割。

16 **卒**：最終。

17 **奉飯者**：「奉飯」指用自己的俸祿來供養食客。「奉飯者」指受趙奢供養飲食的人。

18 **東向而朝軍吏**：指接見部屬。

19 **臧**：同「藏」，指收藏。

20 **羽葆**：古時葬禮儀仗的一種，用鳥羽點綴裝飾的華蓋。

21 **悉辭**：全部拒絕。

22 **殂逝**：死亡。

23 **亡**：失去。

文言文小知識

古今詞義

事物隨着時代發展而不斷改變，語言也隨之而變，許多古代的詞語發展到現代，詞義早已有所改變，形成古今詞義的差異。這種詞義的轉變不限於古代和現在，即使是古代不同時期中，詞義也有不同。

由於詞義轉變，平日閱讀文言文時，便難以了解文章的意思。其實古今詞義的改變有幾個規律，了解當中規律就會易於掌握。

1. **古今詞義相同**：如「疾」字，古義和今義都有疾病或速度快的意思。

2. **古今詞義不同**：如「涕」字古義是眼淚，今義則是鼻涕；又如「購」字古義是懸賞通緝、僱用聘請，今義則是買東西的意思。

3. **古代使用而現代沒有的詞義**：如「汝」古義是你，現在已經沒有使用；「刖」古義是砍掉雙腳，現在也沒有使用；又如「亦」古義可以指人的腋下，但現在只有也、又的意思。

4. **古今詞義有同有異**：這源於古代詞義的擴大、縮小，如《孟子．滕文公》：「水由地中行，江、淮、河、漢是也。」當中的「河」和「江」分別指「黃河」和「長江」；但在現代漢語中，詞義擴大，「河」是河流的通稱，「江」則是比一般河流大的水之通稱。

文言知識題

試寫出下列粗體字的古義和今義。

題目	古義	今義
1. 鮑叔不以我為**不肖**，知我不遭時也。（司馬遷《史記・管晏列傳》）		
2. 乃日視**便利**田宅可買者。（劉向《列女傳・仁智・趙將括母》）		
3. 日初出滄滄涼涼；及其日中如探**湯**。（《列子・湯問・兩小兒辯日》）		
4. 其門人德慶侯廖永忠之孫鏞與其弟銘**檢**遺骸瘞聚寶門外山上。（《明史・方孝孺傳》）		
5. 曾不能毀山之一**毛**，其如土石何？（《列子・湯問・愚公移山》）		
6. **烈士**暮年，壯心不已。（曹操〈步出夏門行〉）		
7. 府佐**快**其所為，陰縱之不問。（高啟〈書博雞者事〉）		
8. 因其富厚，**交通**王侯，力過吏勢，以利相傾。（晁錯〈論貴粟疏〉）		

文言知識題答案：

	古義	今義
1.	不賢 / 無才能	不孝 / 忤逆
2.	能夠賺錢的 / 對獲利有幫助	方便 / 敏捷
3.	熱水	喝的食物（如菜湯、肉湯）
4.	執拾	查驗 / 檢查
5.	一根草	一角錢
6.	有節操、品德的人	為國家進步而獻出生命的人
7.	高興 / 歡喜	迅速
8.	勾結 / 與人交際	各種運輸工具的總稱

五

【安貧樂道】

1 不為五斗米折腰

常有朋友對我說：「真不知道你是怎樣生活的。」這是因為我現在沒有全職工作，通常是每天到不同學校教一堂寫作課，朋友認為這樣的收入是不足以維生的，而我多是這樣回答：「吃少點、穿少點，不就可以了嗎？」吃少一點、穿少一點，真的就可以了？其實，歷史上也有些人物是常被他人質疑怎樣過活的，例如，以「不為五斗米而折腰」而聞名後世的陶淵明。他本來可以多賺點錢養家、養自己的，但他為了氣節，寧願有官不做，回鄉種田，寧願吃的有一餐沒一餐的，但他這樣活得更快樂呀！

他在〈歸去來辭並序〉中說：他不貪慕榮華富貴，最愛讀書。他家徒四壁，屋子簡陋不能遮風擋雨，穿着破薄衣，時常捱餓，但他甘之如飴。其實，為了養活自己和家人，他也曾做過小官彭澤令，但因為受不了要對上級卑躬屈膝、阿諛諂媚，終於辭職回鄉耕田，他的名句：「吾不能為五斗米折腰，拳拳事鄉里小人邪！」亦傳誦千古。

他認為做官是錯的，回復淡薄的田園生活才是對的，所以在他的名篇

〈歸去來辭〉中說：「已矣乎！寓形宇內復幾時，曷不委心任去留，胡為乎遑遑欲何之？富貴非吾願，帝鄉不可期。懷良辰以孤往，或植杖而耘耔。登東皋以舒嘯，臨清流而賦詩；聊乘化而歸盡，樂夫天命復奚疑？」

2 不是病，只是貧

除了陶淵明，歷史上還有另外兩個以「貧窮」聞名的人，這兩個人也是孔子的學生，其中一個，名顏回。

孔子曾稱讚他說：「顏回真賢德！每天只吃一碗飯，喝一碗水，住在陋巷中，其他人貧窮成這樣的話，一定會愁悶，他卻樂在其中。顏回真賢德！」

為什麼貧窮成這樣也可以快樂？因為他看重的不是物質生活，而是精神生活。孔子常稱讚顏回好學，他的快樂是從追求學問中得到的。

孔子另一個以貧窮聞名的學生名原憲。原憲因安貧樂道而受人尊敬，他住的房子是草搭成的，門是草編成的，門樞是桑樹條，他住的屋遇上下雨更是漏水的，但原憲住在其中絲毫不覺得苦，反以修習品德學問為樂。

有一天，原憲的同學子貢坐着華貴的馬車，穿着華麗的衣服去找他，但小巷容不下大馬車，於是子貢只好下車步行。只見原憲戴着破舊的帽子，拄着手杖出來迎接他。見到原憲一副貧寒的樣子，子貢說：「嘻！先生你是生病了嗎？」

原憲回答他說：「我聽說沒有錢財叫做貧，學了道卻不能身體力行才叫做病，我現在是貧而不是病。」子貢聽了這話後感到非常慚愧。

在孔子眼中，縱然貧窮也不討好別人，不貪求別人的提携、幫助，這是很難得的；貧也貧得快樂，且甘於處貧，就更難得了。

有這兩位安貧樂道的學生，孔子自己又如何呢？他不反對人追求富貴，但如果富貴要以不正當的方法得到，他就寧願長處貧窮了。

孔子說：「富有和顯貴是每個人都想要得到的，但不用正當的方法得到，就不應享用；貧窮與低賤是每個人都厭惡的，但不用正當的方法去擺脱它，就不應擺脱。君子如果離開了仁德，又怎麼能叫君子呢？君子沒有一頓飯的時間背離仁德的，就是在顛沛流離的時候，也一定會按照仁德而行。」

3 不為吃喝憂慮

安貧的生活很慘、很辛苦？不會的，我們來看看《聖經》怎麼說。

「所以我告訴你們，不要為生命憂慮吃什麼喝什麼，為身體憂慮穿什麼。生命不勝於飲食麼？身體不勝於衣裳麼？你們看那天上的飛鳥，也不種也不收，也不積蓄在倉裏，你們的天父尚且養活牠，你們不比飛鳥貴重得多麼？你們哪一個能用思慮使壽數多加一刻呢？何必為衣裳憂慮呢？你想野地裏的百合花怎麼長起來，它也不勞苦，也不紡線，然而我告訴你們：就是所羅門極榮華的時候，他所穿戴的，還不如這花一朵呢！你們這小信的人哪！野地裏的草，今天還在，明天就丟在爐裏，神還給它這樣的裝飾，何況你們呢？所以，不要憂慮說吃什麼、喝什麼、穿什麼。」（〈馬太福音〉6 章 25 至 31 節）

《聖經》以雀鳥、百合花比喻不用憂慮吃什麼、喝什麼，雀鳥從不擔心沒東西吃，牠也沒有糧倉積貯食物，可是神看顧牠，牠不會餓着肚子。野地裏的百合花的穿着比許多世界級名模、富有名媛穿着的還要漂亮、優雅，我們還擔心什麼呢？《聖經》還說：「人若賺得全世界，賠上自己的生命，有什麼益處呢？人還能拿什麼換生命呢？」(〈馬太福音〉16 章 26 節）容易滿足、不盲目追求財富，擁有富足的心靈，才是最可貴的。

總而言之，富貴要求之有道，如果不能以正當手段求得富貴，那淡薄自守又有何不可？安貧樂道的生活也是快樂的，所得到的心靈滿足與平安穩妥，是金錢、財富也換不到的。

文言文原文+註解

《晉書・陶潛傳》

陶潛字元亮，大司馬侃之曾孫也。祖茂，武昌太守。潛少懷高尚，博學善屬文，穎脱不羈，任真自得，為鄉鄰之所貴。嘗著〈五柳先生傳〉以自況曰：「先生不知何許人，不詳姓字，宅邊有五柳樹，因以為號焉。閒靜少言，不慕榮利。好讀書，不求甚解[1]，每有會意，欣然[2]忘食。性嗜酒，而家貧不能恆[3]得。親舊知其如此，或置[4]酒招[5]之，造飲必盡，期在必醉，既醉而退，曾不吝情[6]。環堵蕭然，不蔽風日，短褐[7]穿結，簞瓢屢空，晏如[8]也。常著文章自娛，頗示己志，忘懷得失，以此自終。」其自序如此，時人謂之實錄。以親老家貧，起為州祭酒，不堪[9]吏職，少日自解歸。州召主簿，不就[10]，躬耕自資，遂抱羸疾。復為鎮軍、建威參軍，謂親朋曰：「聊欲絃歌，以為三徑之資可乎？」執事者聞之，以為彭澤令。在縣公田悉令種秫穀，曰：「令吾常醉於酒足矣。」妻子固請種粳[11]，乃使一頃五十畝種秫[12]，五十畝種粳。素簡貴，不私事上官[13]。郡遣督郵至縣，吏白應束帶見之，潛歎曰：「吾不能為五斗米折腰，拳拳事鄉里小人邪！」義熙二年，解印去縣，乃賦歸去來。其辭曰：

「歸去來兮，田園將蕪，胡不歸？既自以心為形役，奚惆悵而獨悲？悟已往之不諫，知來者之可追。實迷途其未遠，覺今是而昨非。……」

《論語・雍也》

子曰：「賢哉，回也！一簞食，一瓢飲，在陋巷，人不堪其憂，回也不改其樂。賢哉，回也！」

《莊子・讓王》

原憲居魯，環堵之室，茨[14]以生草；蓬戶[15]不完，桑以為樞[16]；而甕牖[17]二室，褐以為塞[18]；上漏下溼[19]，匡坐[20]而弦[21]。

子貢乘大馬，中紺[22]而表素[23]，軒車不容巷，往見原憲。原憲華冠縰履，杖藜而應門。

子貢曰：「嘻！先生何病？」

原憲應之曰：「憲聞之，無財謂之貧，學而不能行謂之病[24]。今憲，貧也，非病也。」子貢逡巡[25]而有愧色。

原憲笑曰：「夫希[26]世而行，比周[27]而友，學以為人，教以為己，仁義之慝[28]，輿馬之飾，憲不忍為也。」

《論語・里仁》

子曰：「富與貴是人之所欲也，不以其道[29]得之，不處[30]也；貧與賤是人之所惡也，不以其道得之，不去[31]也。君子去仁，惡乎成名？君子無終食之間違仁，造次必於是，顛沛必於是。」

註解

1 **不求甚解**：讀書着重理解義理，而不咬文嚼字地鑽研字句上的解釋。

2 **欣然**：喜悅的樣子。

3 **恆**：通「常」。

4 **置**：準備。

5 **招**：招待。

6 **不吝情**：不會不捨。

7 **褐**：粗布製成的衣服，多為平民百姓所穿。

8 **晏如**：安然。

9 **不堪**：無法忍受。

10 **就**：前往就職。

11 **粳**：大米。

12 **秫**：高粱。

13 **不私事上官**：不會私下奉承上級官員。

14 **茨**：用蘆葦、茅草蓋的屋頂。

15 **蓬戶**：編織蓬草為門。

16 **樞**：門上的轉軸。

17 **甕牖**：甕，是一種盛水、酒的陶器；牖，窗。這裏的意思是用破甕的口作為窗。

18 **褐以為塞**：褐，粗布衣服。這句指用粗布衣服來阻塞窗。

19 **溼**：濕。

20 **匡坐**:「匡」，正。匡坐，即正襟危坐。

21 **弦**：即弦歌，指在彈琴唱歌。

22 **中紺**：裏面穿的衣服是紺色的。紺，微紅帶深青的顏色。

23 **表素**：外面穿的衣服是白色的。素，白色、沒有染色的。

24 **病**：這裏指弊病、短處。

25 **逡巡**：退卻或徘徊不前。指子貢有顧慮而不知該進去還是退卻。

26 **希**：望，觀看。

27 **比周**：聯合、集結。

28 **慝**：奸惡、邪念。

29 **道**：正確方法。

30 **處**：接受、享受。

31 **去**：去除，這裏指擺脫。

文言文小知識

一個句子的結構包含不同的句子成分，基本的句子成分有主語、謂語和賓語，如「我吃飯」中，「我」是主語，「吃」是謂語，「飯」是賓語；而較複雜的句子成分則有定語、狀語和補語，如「肚子餓的我快速地吃下飯」，「肚子餓的」是定語，「快速地」是狀語，「下」是補語。不過，在古漢語中經常出現句子成分省略的情況，原因是古代書寫不便，而有些字又難寫，所以就省了。另一個原因是古漢語缺少第三人稱代詞，所以為了避免重複名詞造成累贅的問題，多會採用省略的方法。

常見的句子成分省略有以下幾種：

1. **主語省略**：如《論語・里仁》：「富與貴是人之所欲也，不以其道得之，不處也。」這裏的「不處也」前面省略了主語「君子」，意思是「不用正確的方法得到富貴，君子是不會接受的」。

2. **謂語省略**：如《淮南子・說林訓》：「為客治飯，而自藜藿。」在「而自藜藿」一句中省略了謂語「做」或「煮」，意思是「為客人做好的飯菜，自己卻煮些野菜。」

3. **賓語省略**：如晁錯〈論貴粟疏〉：「聖王在上而民不凍飢者，非能耕而食之，織而衣之也，為開其資財之道也。」在「為開其資財之道也」句中省略了賓語「民」，意思是「是能替人民開闢他們財資的途徑」。

文言知識題

試為下列省略句補回省略了的內容並語譯句子。

1. 以親老家貧，起為州祭酒，不堪吏職，少日自解歸。(《晉書・陶潛傳》)

2. 執事者聞之，以為彭澤令。(《晉書・陶潛傳》)

3. 君子無終食之間違仁，造次必於是，顛沛必於是。(《論語・里仁》)

4. 齊使者如梁，孫臏以刑徒陰見，說齊使。齊使以為奇，竊載與之齊。(司馬遷《史記・孫子吳起列傳》)

5. 一鼓作氣，再而衰，三而竭。(《左傳・曹劌論戰》)

6. 齊威王問用兵孫子。(《孫臏兵法・威王問》)

7. 途中兩狼，綴行甚遠。屠懼，投以骨。(蒲松齡《聊齋志異・狼》)

8. 楊子之鄰人亡羊，既率其黨，又請楊子之豎追之。(《列子・說符》)

文言知識題答案：

1. 陶潛因為父母年老、家裏貧困，所以才擔當州郡的祭酒之職，因無法忍受官吏的職務，幾日（或「不多日」）後自己就解除職務回鄉。
   省略情況：「以親老家貧」一句的前面省略了主語「陶潛」。

2. 執掌官員升遷的人聽説此事，用陶潛（他）作彭澤縣的縣令。
   省略情況：「以為彭澤令」一句的「以」字後面省略了賓語「陶潛」。

3. 君子連吃飯的期間都不會違反仁，君子（他）在緊急的時刻也必定會這樣做，君子（他）在流離困頓時也必定會這樣做。
   省略情況：「造次必於是」、「顛沛必於是」兩句的前面省略了主語「君子」。

4. 齊國使者前去梁國，孫臏以犯人的身分暗地裏會見齊國使者，游説齊國使者。齊國使者認為孫臏是個難得的人才，偷偷用車載他到齊國。
   省略情況：「齊使以為奇」一句的「以」字後面省略了賓語「孫臏」。「竊載與之齊」一句的「之」字是前往、到的意思，在「與之」前面省略了賓語「孫臏」。

5. 第一次擊鼓振作士氣，再次擊鼓士氣衰退，第三次擊鼓士氣就竭盡了。
   省略情況：「再而衰」、「三而竭」兩句的「再」和「三」字後面省略了動詞「擊鼓」。

6. 齊威王向孫子詢問用兵的事。
   省略情況：「齊威王問用兵孫子」一句的「兵」字後面省略了介詞「於」，白話語譯時可用「向」字。

7. 路上有兩隻狼，緊跟着屠夫走了很遠。屠夫感到恐懼，扔給狼一塊骨頭。
   省略情況：「綴行甚遠」一句的「綴」字後面省略了賓語「屠夫」。「投以骨」一句的「投」字後面省略了賓語「狼」。

8. 楊子的鄰居走失了羊，鄰居已經帶領他的家人去追尋，又來請楊子的僮僕去追尋那隻羊。
   省略情況：「既率其黨」一句的「既」字前面省略了主語「鄰居」。

六 【知錯能改】

1 賢相、良將

之前和大家說過有關和氏璧的故事，這稀世珍寶在當時有許多人爭奪，連國家之間亦為了它而險些大動干戈，今次要說的故事主角由趙王變成了秦王，還加入了廉頗、藺相如這兩個重要角色。

廉頗是趙國優秀的將領。趙惠文王十六年，廉頗率領趙軍征討齊國，大敗齊軍，奪取了陽晉，被封為上卿，他以勇氣聞名於諸侯各國。藺相如是趙國人，本是趙國宦者令繆賢家的門客，論地位和身分，真是和身為大將軍的廉頗相差十萬百千里。可是，之後藺相如被推薦持和氏璧出使秦國，能夠「完璧歸趙」，及後又在「澠池之會」中保存了國體。

澠池之會結束以後，由於相如功勞大，被封為上卿，位在廉頗之上。廉頗說：「我是趙國將軍，有攻城野戰的大功，而藺相如只不過懂說話立了點功，地位卻在我之上，況且相如本來是身分卑微的人，地位在他下面實在令我難以忍受。」他更揚言：「他日我遇見相如，一定要羞辱他。」相如聽到後，每到上朝時，常常推說有病，不願和廉頗去爭位次的先後。

外出時，遠遠看到廉頗，相如就掉轉車子迴避。相如的門客就一起來直言進諫說：「我們之所以離開親人來侍奉你，就是仰慕你高尚的節義。如今你與廉頗官位相同，他口出惡言，你卻害怕、躲避他，這也太過分了，平庸的人尚且感到羞恥，何況是身為將相的人呢？我們這些人沒出息，請讓我們告辭吧！」藺相如堅決地挽留他們，說：「你們認為廉將軍和秦王相比誰更令人畏懼？」門客回答說：「廉將軍比不上秦王。」相如說：「以秦王的威勢，而我卻敢在朝廷上斥責他、羞辱他的羣臣，我雖然無能，難道會怕廉頗嗎？但是我想到，強秦所以不敢對趙國用兵，就是因為有我們兩人在，如今兩虎相鬥，勢必不能共存。我所以這樣忍讓，就是為了要把國家的急難放在前面，而把個人的恩怨放在後面。」

廉頗聽說了這番話，就反省覺悟，他脱去上衣，露出上身，背着荊棘枝條，由賓客帶引，來到藺相如的門前請罪。他說：「我是個粗野卑賤的人，想不到將軍竟如此寬厚啊！」二人終於和好，成為生死與共的好友。

這就是成語「負荊請罪」的由來。廉頗是身經百戰、位高權重、萬人景仰大將軍，竟然為了得到藺相如的饒恕，放下尊貴身段，脱去上衣露出肩膀，背上荊棘請求藺相如責罰他、寬恕他，這種知錯能改的決心真不小，十分值得我們學習。

2 一代暴君

說到知錯能改，你有聽過「人誰無過？過而能改，善莫大焉。」這句話嗎？這句話出自一個反面教材的故事。話說春秋時代有一個壞事做盡、殺人不眨眼的君主，他做了許多自己也知道是大錯特錯的事，卻不知悔改，有大臣指出他的錯處，他竟然找刺客去殺對方，真是駭人聽聞的事呀！

晉靈公不是一個好國君，向人民徵收重稅來滿足自己的奢侈生活。他從高台上用彈弓射行人，觀看他們躲避彈丸的樣子，以此娛樂自己。廚師沒有把熊掌煮熟，他就把廚師殺了，放在筐裏，讓宮女們運送經過朝廷。大臣趙盾和士季看見筐外露出人手，便向人詢問廚師被殺的原因，因此為晉靈公的暴虐無道感到憂慮。他們打算規勸晉靈公，士季說：「如果我們一起去進諫而國君不聽，那就沒有人能接着進諫了。讓我先去規勸，他不接受，你就接着去勸。」士季去見晉靈公時，往前走了三次，到了屋簷下，晉靈公才抬頭看他，並說：「我已經知道自己的過錯了，打算改正。」士季叩頭回答說：「哪個人能不犯錯誤呢？犯了錯誤能夠改正，沒有比這更大的好事了。《詩・大雅・蕩》說：『事情容易有好開端，但很難有個好結局。』如果這樣，那麼能夠彌補過失的人就太少了。你如能始終堅持改過，就一定能做好國君的責任。《詩・大雅・蒸民》又說：『天子有了過失，只有仲山甫來彌補。』這是說臣子仲山甫幫助周宣王，令周宣王能補救過失。國君能夠彌補過失，君位便會牢固了。」

可是晉靈公並沒有改正，趙盾又多次勸諫，使晉靈公感到討厭，晉靈公便派鉏麑去刺殺趙盾。鉏麑一大早就去了趙盾的家，只見臥室的門開着，趙盾因為十分重視自己的工作，早已穿戴好朝服準備上朝，時間還早，他坐着打盹兒，儘量不弄縐上朝的朝服。鉏麑退了出來，感歎地說：「這麼盡忠職守的人，真是百姓的靠山啊！殺害百姓的靠山，這是不忠；背棄國君的命令，這是失信。這兩樣當中要選一樣，還不如死了算了！」於是，鉏麑一頭撞在槐樹上死了。

③ 古代美男

和晉靈公剛好相反，歷史上有一位以改過聞名的君王齊威王，我們來看看他勇於改過的故事。

鄒忌身材高大，容貌俊美。某天早上他穿着好了，正看着鏡子時，對他的妻子說：「我與城北的徐公相比，哪一個更俊美？」他的妻子說：「當然是你比較俊美，徐公怎及得上你呢？」城北的徐公是齊國有名的美男子，鄒忌不相信自己會比徐公俊美，於是又問他的妾：「我與徐公相比誰更漂亮？」他的妾說：「徐公怎麼能比得上你哩！」翌日，有客人來訪，鄒忌與他坐着傾談，又問他：「我和徐公相比誰更俊美？」客人答：「徐公不及你俊美。」又過了一天，徐公來了，鄒忌仔細地看他，自覺不及他俊美；之後照鏡子再仔細地看自己，又覺得自己遠不及他。他晚上躺着想這事，說：「我的妻子以我為美，是因為偏愛我；小妾以我為美，是因為害怕我；客人以我為美，是因為有事相求於我。」

鄒忌於是上朝拜見齊威王，說：「我確切知道自己不如徐公俊美，但因為我的妻子偏愛我，我的妾害怕我，我的客人有求於我，他們都說我比徐公俊美。如今齊國土地方圓千里，有一百二十座城池，宮裏的妃嬪和侍從們，沒有誰不偏愛大王；朝廷內的大臣沒有誰不害怕大王；全國的百姓沒有誰不有求於大王。由此看來，大王你受到的蒙蔽一定很大了！」

齊威王聽明白了他的話，於是下了這樣的命令：「所有的大臣、官吏、百姓能夠當面指出我的過錯的，可得到上等獎賞；上書直言勸諫我的，可得到中等獎賞；在公共場所中議論我的缺點，傳到我耳中的，可得下等獎賞。」命令剛下達，羣臣都來進諫，門前、院子中像市集一樣堆滿了人；幾個月以後，大臣們還偶爾來進諫；一年以後，即使想進諫，已沒什麼可說的了。燕、趙、韓、魏等國聽說後，都到齊國來朝見，這是因為齊王善於改正齊國的錯誤，令政治修明，不用出兵，已能令別國聞風歸附。

我們當然不能像晉靈公一樣不知悔改，至於怎樣才算知錯能改呢？這可不是道了歉、接受了懲罰就算的，而是應該從此記住不要重複犯同樣的錯誤，這就是古人所謂的「不貳過」，孔子的學生顏回就是因為做到這一點，而備受老師推崇。

這事出於《論語・雍也》篇：「魯哀公問孔子：『你的學生中誰是好學

的呢？』孔子回答說：『有個叫顏回的人好學，不遷怒於他人，不犯同樣的過失，卻不幸短命死了。現在沒有了，也沒有聽說過有好學的人了。』」

「不遷怒，不貳過」，包含了極深刻的哲理。顏回正是因為好學，才具備了這兩個優點。學習能夠陶冶性情，增加涵養，一個人如果在惱怒時不拿別人出氣，正是平時長時間學習、改變了氣質的結果；同樣的錯誤不犯第二次，也是一個人有修養、能自重的體現。

文言文原文+註解

文1

《史記·廉頗藺相如列傳》

既罷歸國，以相如功大，拜為上卿，位在廉頗之右[1]。廉頗曰：「我為趙將，有攻城野戰之大功，而藺相如徒[2]以口舌為勞，而位居我上，且相如素賤人[3]，吾羞，不忍為之下。」宣言曰：「我見相如，必辱之。」相如聞，不肯與會。相如每朝時，常稱病，不欲與廉頗爭列。已而相如出，望見廉頗，相如引車[4]避匿。於是舍人相與諫曰：「臣所以去[5]親戚而事君者，徒慕君之高義也。今君與廉頗同列，廉君宣惡言而君畏匿之，恐懼殊甚，且庸人[6]尚羞之，況於將相乎！臣等不肖，請辭去。」藺相如固止[7]之，曰：「公之視廉將軍孰與秦王？」曰：「不若也。」相如曰：「夫以秦王之威，而相如廷叱之，辱其羣臣，相如雖駑，獨畏廉將軍哉？顧吾念之，彊[8]秦之所以不敢加兵於趙者，徒以吾兩人在也。今兩虎共鬥，其勢不俱生。吾所以為此者，以先國家之急而後私讎[9]也。」廉頗聞之，肉袒負荊，因賓客至藺相如門謝罪。曰：「鄙賤之人，不知將軍寬之至此也。」卒相與驩[10]，為刎頸之交。

《左傳・晉靈公不君》

晉靈公不君：厚斂以雕牆；從台上彈人，而觀其辟丸也；宰夫胹熊蹯[11]不熟，殺之，寘諸畚[12]，使婦人載以過朝。趙盾、士季見其手，問其故，而患之。將諫，士季曰：「諫而不入[13]，則莫之繼也。會[14]請先，不入，則子繼之。」三進，及溜[15]，而後視之，曰：「吾知所過矣，將改之。」稽首而對曰：「人誰無過？過而能改，善莫大焉。《詩》曰：『靡不有初，鮮克有終。』夫如是，則能補過者鮮矣。君能有終，則社稷之固也，豈惟羣臣賴[16]之。又曰：『袞[17]職有闕，惟仲山甫補之』，能補過也。君能補過，袞不廢矣。」

猶[18]不改。宣子驟[19]諫，公患之，使鉏麑賊[20]之。晨往，寢門闢矣，盛服將朝。尚早，坐而假寐[21]。麑退，歎而言曰：「不忘恭敬，民之主也。賊民之主，不忠；棄君之命，不信。有一於此，不如死也。」觸槐而死。

《戰國策·鄒忌諷齊王納諫》

鄒忌脩[22]八尺有餘，而形貌昳麗[23]。朝服衣冠窺鏡[24]，謂其妻曰：「我孰與城北徐公美？」其妻曰：「君美甚，徐公何能及公也！」城北徐公，齊國之美麗者也。忌不自信，而復問其妾曰：「吾孰與徐公美？」妾曰：「徐公何能及君也！」旦日[25]客從外來，與坐談，問之客曰：「吾與徐公孰美？」客曰：「徐公不若君之美也！」

明日，徐公來。孰視[26]之，自以為不如；窺鏡而自視，又弗如遠[27]甚。暮，寢而思之曰：「吾妻之美我者，私[28]我也；妾之美我者，畏我也；客之美我者，欲有求於我也。」

《論語·雍也》

哀公問：「弟子孰為好學？」孔子對曰：「有顏回者好學，不遷怒，不貳[29]過。不幸短命死矣。今也則亡[30]，未聞好學者也。」

註解

1 **右**：在秦漢以前，右邊的地位較尊貴。這裏指藺相如的職位比廉頗高。

2 **徒**：只是。

3 **賤人**：出身卑微低下的人。

4 **引車**：掉轉車子、車子調頭。

5 **去**：離開。

6 **庸人**：普通人。

7 **固止**：堅決阻止。

8 **彊**：同「強」。

9 **讎**：同「仇」。

10 **與驩**:「驩」同「歡」;「與驩」指交好。

11 **胹熊蹯**：「胹」指烹煮；「熊蹯」即熊掌。

12 **寘諸畚**：「寘」，放置；「畚」，盛泥的器具。指把宰夫的屍體放在盛泥的器具中。

13 **入**：接納、接受。

14 **會**：即士季，晉靈公的大臣，又叫隨會。會是他的自稱。

15 **溜**：通「霤」，屋檐下接水的溝槽，這裏指屋檐。

16 **賴**：依靠。

17 **袞**:諸侯上公穿着的禮服，借指王位。

18 **猶**：仍然、依然、還。

19 **驟**：屢次。

20 **賊**：刺殺。

21 **假寐**：閉目養神。

22 **脩**：同「修」，解長，指身高。

23 **昳麗**：神采煥發、容貌美麗。

24 **窺鏡**：照鏡。

25 **旦日**：「旦」，明也；「旦日」即明日、第二天。

26 **孰視**：「孰」同「熟」；指仔細端詳、注視。

27 **遠**：多。

28 **私**：偏愛。

29 **貳**：重複。

30 **亡**：沒有。

文言文小知識

詞類活用

詞類活用指一個詞原本屬某一類詞性，有它基本用法，但在特定的語言環境下，臨時改變它的詞性，作另一意義來使用。

分析詞類活用情況，最重要的是判斷詞性，句子中每個字的詞性都可以幫助判斷詞義。詞類活用有幾種常見的方式：

1. **名詞活用作動詞**：如鍾惺〈浣花溪記〉中，「橋盡，一亭**樹**道左。」「樹」是名詞，用作動詞，指「樹立」。

2. **動詞活用作名詞**：如柳宗元〈捕蛇者說〉中，「殫其地之**出**，竭其廬之**入**。」「出」和「入」是動詞，用作名詞，指「出產」和「收入」。

3. **形容詞活用作動詞**：如司馬遷《史記‧呂不韋列傳》中，「吾能**大**子之門。」「大」是形容詞，用作動詞，指「使其變大、擴大」。

4. **形容詞活用作名詞**：如晁錯〈論貴粟疏〉中，「乘**堅**策**肥**。」「堅」和「肥」是形容詞，用作名詞，指「堅固的車子」和「肥壯的馬」。

文言知識題

試寫出下列粗體字的詞類活用方式和詞義。

	活用方式	詞義
1. 鄙賤之人，不知將軍**寬**之至此也。（司馬遷《史記・廉頗藺相如列傳》）		
2. **賊**民之主，不忠；棄君之命，不信。（《左傳・晉靈公不君》）		
3. 吾妻之**美**我者，**私**我也。（《戰國策・鄒忌諷齊王納諫》）		
4. 吾與汝畢力平**險**，指通豫南，達於漢陰。（《列子・湯問・愚公移山》）		
5. 晉靈公不**君**。（《左傳・晉靈公不君》）		
6. 於是焉河伯欣然自喜，以天下之**美**為盡在己。（《莊子・秋水篇》）		
7. 秦有餘力而制其敝，追**亡**逐北，伏尸百萬，流血漂櫓。（賈誼〈過秦論〉）		

文言知識題答案：

活用方式	詞義
1. 形容詞作動詞	饒恕 / 原諒
2. 名詞作動詞	殺
3. 美：形容詞作動詞	說我美麗 / 稱讚我美麗
私：名詞作動詞	偏愛
4. 形容詞作名詞	險阻的山
5. 名詞作動詞	遵守為君之道
6. 形容詞作名詞	美麗事物 / 美景
7. 動詞作名詞	逃跑的軍隊

六　知錯能改

七

【安守本分】

1 最佳校工

到一間小學教寫作班，收到學生交來的作文時，發現了一個奇怪現象——許多小朋友在不同體裁的作文中也提到同一個人。

在以「我的校園」為題的描寫文中，學生以「步移法」寫：「每天進入校園，在大閘門口我們會見到好姐，每天早上她都會熱誠地跟我和媽媽說：『早晨』。」

在以「我的第一次……」為題的記敍文中，學生這樣寫：「在今天的頒獎禮中，我第一次獲獎。拿着獎座的我，跑到站近校門的好姐面前，告訴她我得獎了，好姐表現得比我還要興奮……」

這位在許多小朋友的作文中出現過不下十次的「好姐」，是一個校工。她每天站在校門前迎接小朋友上學，小朋友要打電話、跌倒受傷了、遺失了課本、筆袋……大小事情都會找她——因為，她是一位盡忠職守的校工。

在批改小朋友的這些作文時，我實在有點羨慕這位校工。如果我也像她一樣在許多小朋友的作文中出現，那是多麼令人喜悅的事。小朋友的心最清，那一定是一個最盡忠職守、最愛護他們的校工，才能在他們的心中有着這樣的地位。

由「好姐」我想到自己的工作生涯，若干年後，當我從現在的工作崗位退下來時，會令我對這些年的工作感到驕傲、無悔的，該是別人認為我是盡忠職守、做好本分的人，而不是我升過多少次職、加過多少次人工、名氣有多大、職銜有多高吧！

教小朋友寫人物描寫文章，我會請他們留心觀察日常生活中會遇上的人，譬如管理員、護士、消防員等，他們穿怎樣的制服、怎樣盡忠地履行職責。在跟他們的談話中，我留意到他們說到警察時，竟是一臉恐懼的，而且，他們問了我關於警察的職責的問題時，我也不懂回答。

我會想，作為一個警察，他的職責又是什麼？若干年後，當他們之中任何一個離開崗位，回望從前的工作生涯時，令他們最感驕傲、無悔的，會是升過多少次職、得過幾多次上司的稱讚，還是有沒有真正擔當好保護市民、堅守法治、除暴安良的任務？

毋忘初衷，我們投入任何一個行業時，最想盡的是什麼職責呢？

前陣子，常有人談論學生不守本分，不好好盡學生的責任上課、學習。真的，為什麼學生會不好好去上課，反而去露宿、去冒生命危險呢？

我也時常思想是什麼令「學生不學生」的問題，於是我想到中國人的核心價值——人倫——「君君臣臣父父子子」，「君不君則臣不臣，父不父則子不子」。由此類推，如「長官不長官」則「市民不市民」；「校長不校長」則「學生不學生」。秩序的崩壞許多時是由上而下的，「君之視臣如草芥，則臣之視君如寇仇。」，想恢復社會的良好秩序，從來都是從上而下的以身作則，做好本分。

2 盡忠職守

至此，我想到一個盡忠職守的歷史人物的故事。

南宋末年，國勢積弱不振。1273年，元丞相「伯顏」統領二十萬大軍南下……1275年，蒙古軍將十三萬宋軍消滅，南宋朝廷再無可用之兵。元兵渡江，文天祥時任「贛州知府」，他用盡家財，組織三萬義軍，以「正義在我，謀無不立；人多勢眾，自能成功」的口號進行反元抗爭。1277年，文天祥在雩都大敗元軍，攻取興國，收復贛州十縣、吉州四縣，人心大振。

文天祥時任「贛州知府」，他在南宋政權江河日下，所向披靡的蒙古大軍壓境之際，散盡自己的家財，組成三萬義軍抗敵，但相比於無堅不摧的蒙古大軍，這三萬義軍簡直是螳臂擋車，然而，文天祥竟然能夠化不可能為可能。

但好景不長，元軍主力進攻興國大營，文天祥寡不敵眾，妻兒也被元軍擄走。兵敗被俘，妻兒亦被擄為奴，在現在許多人眼中，以現實的利害衡量，有人以你自己與妻兒的生命要脅你，又以高官厚祿去招降，就應該面對現實「袋住先」吧？但文天祥又一次化不可能為可能，頂住了巨大壓力，堅持寧死不屈。元世祖忽必烈千方百計的招降文天祥，又軟禁了他三年，以為用時間可以消磨他的意志令他最終臣服，但是，他的意志反而更加堅定，他的精神力量徹底打敗了忽必烈。

史籍記載：文天祥被押赴刑場，從容就義，享年四十七歲。他的妻子於收殮遺體時，在衣帶中發現其絕筆，書云：「孔曰成仁，孟曰取義；唯其義盡，所以仁至。讀聖賢書，所學何事？而今而後，庶幾無愧！」

為什麼他會有這麼強大的精神力量，置個人生死、榮辱於度外？因為他相信千秋萬世長存的正義、公義重於個人一時的榮辱，肉體雖會被殺，但高尚的靈魂、不滅的精神力量卻可戰勝強大的敵人——「人生自古誰無死？留取丹心照汗青。」

3 前仆後繼

文天祥被元世祖忽必烈軟禁三年的期間，寫作了千古名篇——〈正氣歌〉，其中列舉了十多個「時窮節乃現」——於艱難時期仍持守凜然正氣，忠於職守、忠於理想的歷史人物事蹟，其中給我深刻印象的，是「在齊太史簡」的故事。

春秋戰國時代，齊莊公和大臣崔杼的妻子私通，激怒了崔杼，崔杼的手下持兵器追趕莊公，莊公翻牆逃走，追來的人用箭射中了他的腿，令他從牆上摔下死了。當時齊國的太史記載：「崔杼殺了他的國君。」崔杼於是殺了太史，但太史的弟弟繼承了他的職位後仍繼續這樣寫，如是者又被崔杼殺了。然而，太史第二個弟弟仍是不畏死，照樣寫下來，崔杼無可奈何，只好放棄，不殺他，由得他這樣寫了。其時另一位史官南史氏聽到太史兄弟接連被殺的消息，手拿着記載歷史的簡策奔赴朝廷，奮不顧身地要記下史實，但抵達後知道此事已被如實記下，便只好回去了。

這是一種可敬的「前仆後繼」的精神，為了緊守崗位，發揮神聖的專業精神，這些史官一個個不畏死亡的恫嚇，甚至明知會被殺也寧願盡責而死，他們所守護的，就是「是就說是，不是就說不是」這種「秉筆直書，是非自見」的精神。「是就說是，不是就說不是」看似容易，但在當前的香港，看到不對、不義的事，有勇氣直斥其非；對正義、正確的事義無反顧地全力守護，真有那麼容易嗎？

當然，盡責並不等於要犧牲，但頂住壓力、不畏強權是需要的。在這亟需捍衛核心價值的時節，法治精神、言論自由、新聞自由都備受威脅的時候，無論司法界、教育界、宗教界、社工界、金融界等，每個人都各在其領域中「前仆後繼」地發揮力量，那麼香港的核心價值是不會那麼容易被破壞的。但「前仆後繼」也並不容易，因為隊伍中總會有人離隊，導致有「後繼無人」之憂，那是為什麼呢？

也許，就如〈馬太福音〉中撒種的比喻所言，那種堅持，會被「魔鬼從他們心裏把道奪去」，或是「心中沒有根，及至遇見試探就退後了」，或者「被今生的思慮、錢財、宴樂擠住了」……

至於這種前仆後繼的精神怎樣才得以堅持？我們也可在《聖經》中找到答案——主耶穌說：「那殺身體、不能殺靈魂的，不要怕他們；唯有能把身體和靈魂都滅在地獄裏的，正要怕他。」(〈馬太福音〉10章28節)

4 蘇武牧羊

〈正氣歌〉中的一句——「在漢蘇武節」是另一個關於盡忠職守的感人故事。

兩千多年前的漢朝，一直受到活躍在塞北、勢力日趨強大的游牧民族匈奴的威脅；匈奴不時入侵邊疆，漢武帝經常派兵鎮壓、反擊他們。其後匈奴少主新立，恐怕漢朝在此內政不穩時進攻，於是便派遣使節向漢朝朝貢，釋出善意，武帝於是便派遣蘇武出使匈奴。

蘇武手持長長的「漢節」，帶同一百多名隨從向匈奴出發，本來一切順利的，但不幸的事卻發生了。之前漢朝使節衞律出使匈奴後變節投降，匈奴王十分器重他。衞律有個手下叫虞常，他是蘇武此行的副手張勝的朋友，他對衞律很不滿，因此私下跟張勝商量，要殺了衞律，並想挾持匈奴王的母親，逃回中原；但消息走漏，被匈奴王發現了，不僅張勝被抓，蘇武也無辜受到牽連，被扣押在匈奴。

匈奴王知道蘇武忠貞愛國，想要他歸順，就派衛律等人去游說他，蘇武一聽是來勸降的，就厲聲對他們說：「身為漢朝使節，要我忘恩負義，背叛朝廷，縱使能苟活，還有何顏面見人！」隨即抽出刀來自刎，並立時鮮血如泉湧，倒在血泊中。衛律等人趕忙上前去救他，而他高尚的氣節令匈奴王十分敬佩，因而改用高官厚祿、榮華富貴誘降他，但均被蘇武斷然回絕了。

匈奴王被激怒了，下令把他關進地窖，不給他食物。塞北的天氣十分寒冷，蘇武在地窖中飢寒交迫，渴了飲雪，餓了就吞食從漢節上拔下的些許氈毛。幾天過去了，他仍然不肯投降，匈奴王於是將他放逐到荒無人煙、冰天雪地的北海去牧羊，並對蘇武說：「等公羊生了小羊，才放你回去。」當然，公羊是不可能生小羊的，匈奴王的目的是要長期囚禁他罷了。

蘇武到了北海，因為沒東西吃，只得挖草根、捕野鼠充飢，也沒有多餘的衣物禦寒，夜裏只好擠到羊羣中取暖。忠於職守的他，始終堅持要活着回國，完成出使匈奴的使命。

到了漢武帝駕崩，昭帝即位時，有人把蘇武被囚北海的事稟報他。昭帝就派人向匈奴要求放回蘇武，但匈奴不肯放人，還謊稱蘇武已身亡。漢使者騙他們說：「漢天子打獵時，射下一隻大雁，大雁腳上繫了張紙條，紙條上說蘇武還在北海活着。」匈奴王這才不得已答應放人。

蘇武出使匈奴，共受了十九年折磨。他手持光禿的旌節，一身襤褸，滿頭白髮，滿臉白鬚，悽楚滄桑的回到長安，看到的人無不感動。朝廷賞賜許多財物給他，還封他為「關內侯」。但蘇武回到家鄉，發現妻子已改嫁，兒子也因連坐被處死，他把全部財產分送別人，自己什麼都沒有留下。

蘇武不向利益低頭的志節及堅毅不屈的精神，不但得到漢人的景仰，也贏得匈奴人的尊敬，更在歷史上留下盡忠職守的使臣典範。

文言文原文+註解

〈正氣歌〉 文天祥

天地有正氣，雜然賦流形[1]：下則為河嶽，上則為日星；於人曰浩然，沛乎塞蒼冥[2]。皇路[3]當清夷[4]，含和吐明庭[5]；時窮節乃見，一一垂丹青。在齊太史簡[6]，在晉董狐筆[7]，在秦張良椎[8]，在漢蘇武節[9]。為嚴將軍頭[10]，為嵇侍中血[11]，為張睢陽齒[12]，為顏常山舌[13]。或為遼東帽[14]，清操厲冰雪；或為〈出師表〉[15]，鬼神泣壯烈；或為渡江楫[16]，慷慨吞胡羯；或為擊賊笏[17]，逆豎頭破裂。是氣所磅礡，凜烈萬古存。當其貫日月，生死安足論。地維[18]賴以立，天柱賴以尊。三綱實繫命，道義為之根。嗟予遘陽九[19]，隸也實不力。楚囚纓其冠[20]，傳車送窮北。鼎鑊[21]甘如飴，求之不可得。陰房闃鬼火[22]，春院閟天黑。牛驥同一皂[23]，雞棲鳳凰食[24]。一朝蒙霧露，分作溝中瘠。如此再寒暑，百沴[25]自辟易。哀哉沮洳場[26]，為我安樂國。豈有他繆巧[27]，陰陽不能賊[28]！顧此耿耿在，仰視浮雲白。悠悠我心悲，蒼天曷有極。哲人日已遠，典型在夙昔。風檐展書讀，古道照顏色。

文2 《左傳·襄公二十五年》

大史[29]書曰：「崔杼弒其君。」崔子殺之。其弟嗣[30]書，而死者二人。其弟又書，乃舍之。南史氏聞大史盡死，執簡[31]以往。聞既書矣，乃還。

《史記·齊太公世家》

靈公疾，崔杼迎故太子光而立之，是為莊公。

棠公妻好，棠公死，崔杼取之。莊公通[32]之，數如[33]崔氏，以崔杼之冠賜人。侍者曰：「不可。」崔杼怒，因其伐晉，欲與晉合謀襲齊而不得閒。……五月，莒子朝齊，齊以甲戌饗[34]之。崔杼稱病不視事。乙亥，公問崔杼病，遂從崔杼妻。崔杼妻入室，與崔杼自閉戶不出，公擁柱而歌。宦者賈舉遮[35]公從官而入，閉門，崔杼之徒持兵從中起。公登臺而請解[36]，不許；請盟，不許；請自殺於廟[37]，不許。皆曰：「君之臣杼疾病，不能聽命。近於公宮。陪臣爭趣有淫者[38]，不知二命。」公踰牆，射中公股，公反墜，遂弒之。

……

齊太史書曰：「崔杼弒莊公」，崔杼殺之。其弟復書，崔杼復殺之。少弟復書，崔杼乃舍之。

註解

1 **賦流形**：給予各種變化形體。

2 **蒼冥**：天地之間。

3 **皇路**：國運。

4 **清夷**：清明太平。「夷」，平坦。

5 **明庭**：古代是天子舉行祭祀、接見諸侯朝貢之地，這裏指朝廷。

6 **齊太史簡**：指春秋時，齊大夫崔杼弒君，太史將此事記入史冊中，崔杼殺太史；而太史弟繼承後，同樣記此事，崔杼再殺太史弟；後來太史另一弟繼承太史位，依然如兩位哥哥一樣，記載此事。

7 **晉董狐筆**：春秋時，晉大夫趙盾的族侄趙穿弒晉靈公，趙盾當時正因被晉靈公追殺而想逃離晉國，因此沒有懲治趙穿。太史董狐認為趙盾有責任，便在史冊上記：「趙盾弒其君」。

8 **秦張良椎**：秦滅韓國，而張良為韓國貴族，一心想為國報仇，花盡家財招募力士。力士用一百二十斤的鐵椎，於博浪沙中，行刺出巡的秦始皇。

9 **漢蘇武節**：漢武帝時，蘇武出使匈奴而被扣留，蘇武不肯投降，匈奴流放蘇武到北海放牧公羊，要求公羊能生出小羊他才可歸漢。

10 **嚴將軍頭**：東漢末，嚴顏鎮守巴郡，被張飛擒獲。張飛逼他投降，嚴顏卻說：「我州但有斷頭將軍，無降將軍。」

11 **嵇侍中血**：晉時，晉惠帝與叛王顒、穎作戰。當時侍衞皆散，只有侍中嵇紹以身體保護晉惠帝。嵇紹被殺，血濺惠帝衣。後來惠帝不許洗此血衣，說：「此嵇侍中血，勿洗！」

12 **張睢陽齒**：唐安史之亂時，安祿山攻睢陽。太守張巡竭力率部隊作戰，每戰都大呼，至嚼齒皆碎。

13 **顏常山舌**：唐安史之亂時，常山被攻陷，太守顏杲卿被俘，拒絕投降且大罵，他被叛軍割舌而死。

14 **遼東帽**：漢末，管寧德行高潔，居於遼東三十年，皂帽布裙，安貧樂道，多次拒絕征聘賜封。

15 **〈出師表〉**：三國時，蜀相諸葛亮為表心跡，出兵伐魏前，兩次上〈出師表〉給後主劉禪，以示決心。

16 **渡江楫**：晉代五胡亂華時，豫州刺史祖逖渡江北伐，中流擊楫（船槳）立誓：「予生不能清中原而後濟者，有如此江！」

17 **擊賊笏**：唐德宗時，太尉朱泚謀反，想拉攏司農段秀實輔助自己，召段秀實商議。段秀實大怒曰：「狂賊，吾恨不斬汝萬段，豈從汝反耶？」並用手持的象笏猛擊朱泚的頭。笏，是古代官員朝見時所持的手版。

18 **地維**：地的四角，這裏指四方。

19 **遘陽九**：遘，即逅，遇上；陽九，厄運。

20 **楚囚纓其冠**：指自己作為囚犯。原本是指春秋時，楚國鍾儀被鄭人俘而送至晉國，當時他戴着繫有帶子的帽。晉侯見到而問，回答的人稱鍾儀為「楚囚」，後來就常把俘虜稱為楚囚。

21 **鼎鑊**：大鍋，古代常用來烹人的刑罰器具。

22 **陰房闃鬼火**：陰房，即陰暗的房室；闃，寂靜而幽暗。

23 **皂**：馬槽。

24 **雞棲鳳凰食**：雞棲，指雞舍。鳳凰在雞舍中居住。

25 **百沴**：百病。

26 **沮洳場**：地勢低下而潮濕的地方。

27 **繆巧**：智謀巧計。

28 **賊**：侵害。

29 **大史**：即太史，官職名，負責記錄、編載史事兼掌天文曆法的史官。

30 **嗣**：承繼、接掌職務。

31 **簡**：書簡。

32 **通**：私通。

33 **數如**：多次到崔氏家。

34 **饗**：以盛宴款待賓客。

35 **遮**：遮擋、阻擋。

36 **請解**：請求和解。

37 **廟**：社廟、宗廟。

38 **陪臣爭趣有淫者**：陪臣，大夫之臣對國君的自稱；爭趣，即扞掫，巡夜的意思。這句意思是陪臣巡夜搜捕淫亂的人。

文言文小知識

文言虛詞

虛詞一般指無具體意義的詞，在語法上只能起句法結構作用，而不能單獨成句。古代的虛詞用字與現今的差異甚大，有些用字的意義和用法亦不同。文言虛詞包括副詞、介詞、助詞、連詞、歎詞等，如果要準確知道文言虛詞的意思，就必須根據上文下理的語言環境來分析，能判斷出該虛詞的詞性也可以幫助理解文意。由於虛詞用字繁多，必須自己緊記常用的虛詞的用法，而最常用的就有經常聽到的「之、乎、者、也」。如「也」字：

1.《齊諧》者，志怪者**也**。(《莊子・內篇・逍遙遊》)

「也」作為句末語氣詞，表示判斷或肯定，沒意義可不用翻譯。

2. 不能片時藏匣裏，暫出園中**也**自隨。(庾信〈鏡賦〉)

「也」作為副詞，就是「亦」、「也」的意思。

3. 孔與據皆從寡人而涕泣，子之獨笑，何**也**？(《晏子春秋・景公登牛山悲去國而死晏子諫》)

「也」作為句末語氣詞，與「何」等詞相應運用，表示疑問語氣，可譯成「呢」。

文言知識題

試寫出下列粗體虛詞的詞義。

1. 下**則**為河嶽，上**則**為日星。（文天祥〈正氣歌〉）

2. **於**人曰浩然，沛**乎**塞蒼冥。（文天祥〈正氣歌〉）

3. 是氣**所**磅礴，凜烈萬古存。（文天祥〈正氣歌〉）

4. 三綱實繫命，道義為**之**根。（文天祥〈正氣歌〉）

5. 齊崔杼弒**其**君光。（《左傳・襄公二十五年》）

6. 南史氏聞大史盡死，執簡**以**往。（《左傳・襄公二十五年》）

7. 聞**既**書矣，乃還。（《左傳・襄公二十五年》）

8. 少弟**復**書，崔杼乃舍之。（司馬遷《史記・齊太公世家》）

9. 其弟又書，**乃**舍之。（《左傳・襄公二十五年》）

10. 請自殺**於**廟，不許。（司馬遷《史記・齊太公世家》）

11. 崔杼妻入室，與崔杼自閉戶不出，公擁柱**而**歌。（司馬遷《史記・齊太公世家》）

文言知識題答案：

詞義

1. 是
2. 於：對
   乎：表示讚美語氣，沒意思
3. 表示事物、事情、情況等，沒意思
4. 用於強調或補足語氣，沒意思
5. 他（崔杼）的
6. 而且
7. 已經
8. 再／又
9. 於是
10. 在
11. 並且

八

【自尊自重】

1 前倨後恭

你曾經試過因為別人不尊重你而感到憤怒嗎？希望得到別人的尊重，是人之常情吧？最近，我有一次不被尊重的經歷。

話說我住近油麻地的彌敦道，這裏有很多「自由行」遊客喜歡逛的店舖。我雖然並非遊客，但也要購物的，當我走近一間著名化妝品店選購物品時，一個店員走近我，堆滿笑臉，必恭必敬地跟我說了幾句普通話，但當我用廣東話回覆她之後，她的態度馬上一百八十度大轉變，笑臉收起了，語氣即變得冰冷，拋下一句：「你自己慢慢挑吧！」就走開了。

這時我想起朋友說過，有好些「自由行」的「豪客」買東西，是一大箱一大箱買的；有些是拿着一張長長的購物單，一買就是幾萬元的貨品。那麼，相比於這些「豪客」，我這個只光顧數百元的，自然不那麼受尊重，只得到冷待了。

選購完付款時，我對收款員說用提款卡功能付款，可是她只顧招呼排在我身後的大客，沒聽我說話，竟用了卡中的信用卡功能收款。跟她說清楚時，她大概因為害怕我會投訴她，態度又改變了，有禮地連聲道歉。後來，站在我身後的豪客也因害怕他們會胡亂刷卡、亂收款，也說了他們幾句，甚至連店舖經理也跑出來連連道歉，幾乎要鞠躬了，這時，我明白了那個四字詞「前倨後恭」的含義。

2 齊人之福

有人說：自卑和自大只是一線之差；也有人說：愈自卑的人就愈自大。下面有一個有趣的故事，說到一個人怎樣做了一件愚蠢的事，令他由本來妻妾以他為傲，變成妻妾以他為恥。

有一個齊國人娶了一妻一妾，每次他外出，都飲醉吃飽才回家。他的妻子問他和誰人一起吃喝，他答都是些富貴人家。他的妻子感到懷疑，對他的妾說：「我們的丈夫每次外出都飲醉吃飽才回來，問他和什麼人一起吃喝，他答是些富貴人家。可是，真奇怪啊！怎的從來沒有富貴的朋友來家裏找他呢？我打算跟着他外出，看看他去哪裏。」

於是，齊人之妻便早起跟蹤丈夫，看見他走在路上也沒有人和他交談。跟着他到了郊外墳地，看見他向拜祭的人乞取祭品來吃，吃不夠，又轉向其他人乞求，直到吃飽為止。他的妻子回到家裏對他的妾說：「丈夫本來是我們的終身倚靠，但他竟是這麼不堪的人！」說完兩人都哭了起來。他們的丈夫不知道他們已知道真相，還施施然回到家中，像往日一樣向妻妾擺出一副驕傲的樣子。

3 清明典故

說完這個無恥的齊國人騙取妻妾尊重的故事之後，我們反過來，說說一個人有尊貴、尊榮也不要的故事，今次故事的主角，是晉國人介之推。不說不知，這故事和寒食節、清明節的由來是大有關係的。

春秋戰國時期，晉國大公子重耳被奸臣陷害，在忠臣介之推的保護下，流亡國外。

某次，他們在山中迷路，重耳因為已經幾天沒吃東西，餓得無力走動。介之推竟割下自己大腿上的一塊肉，烤熟了給重耳吃。重耳吃完後問肉從哪得來，介之推告訴他說那是自己的大腿肉。重耳感動地說：「你待我這麼好，日後要我怎樣報答你呢？」介之推說：「我不求報答，但願你不要忘記我割肉的痛苦，要好好治理國家，希望你以後做一個國政清明的國君。」

重耳流亡十九年後，終於回到晉國成為國君，就是後來春秋五霸中的晉文公。成為國君後，他把流亡時跟隨他的臣子都封賞了，唯獨忘了介之推。有人提醒他，他才猛然憶起往事，慚愧極了，馬上派人去請介之推上朝接受封賞。可是，派人去了幾次，介之推也不肯來，晉文公只好親自去了。然而，當晉文公來到介之推家門口，介之推卻不願見他，竟背着年老的母親躲進了縣山。

晉文公派人上緜山搜索，卻一無所獲。這時，有人想出了個鬼主意：放火燒山，三面點火，留下一方，那麼介之推會自己走出來的。晉文公於是下令放火燒山，大火燒了三天三夜，直至熄滅，也不見介之推出來。派人上山一看，赫然發現介之推母子抱着一棵大柳樹燒死了。晉文公看着介之推的屍體大哭，然後派人安葬他的遺體，發現介之推的身體堵着柳樹的樹洞，洞裏有一片衣襟，上面題了一首血詩：

割肉奉君盡丹心，但願主公常清明。
柳下作鬼終不見，強似伴君作諫臣。
倘若主公心有我，憶我之時常自省。
臣在九泉心無愧，勤政清明復清明。

晉文公將這血詩收藏好，再吩咐人把介之推母子安葬在那棵燒焦的大樹下，並下令每年這天都禁止生火，只吃寒食，成為了寒食節。第二年，晉文公和羣臣素服徒步登山祭奠，到了介之推墳前，竟見那棵柳樹已死而復活，枝條隨風飛舞。晉文公望着復活的老柳樹，像看見了介之推一樣。祭掃後，晉文公把復活了的柳樹賜名為「清明柳」，又把這天定為清明節，此後，清明成了全國性的重要節日。每逢清明，人們把柳條編成圈狀戴在頭上，把柳條枝插在房前屋後，以示對介之推的懷念。

4 恥食周粟

有些人認為介之推有榮華富貴而不接受是傻的，歷史上常被自以為聰明的人視為傻子的，還有伯夷、叔齊，讓我們來看看他們的故事。

相傳伯夷、叔齊是殷商末期孤竹國國君之子，他們的父親臨終前立了幼子叔齊為國君，但父親死後，叔齊認為長幼有序，自己上有長兄，於是把王位讓給大哥伯夷。伯夷不肯接受，認為這是父親之命，不能違背，便離開了家鄉。叔齊不肯自立為君，便把王位讓給二哥，然後離國去尋找大哥。

不久伯夷、叔齊二人在易水河畔相遇，伯夷聽說西伯侯善待老人和賢士，於是二人決定去投靠他。卻碰巧西伯侯剛剛病故，周武王舉兵滅商，二人於是「叩馬而諫」，勸阻武王不要出兵。伯夷說：「父親死了，你不去厚葬，反而大動干戈，這是不孝；周本是商的臣民，『以臣弒君』這是不仁。你這樣出兵何以讓天下人心服？」武王大怒，吩咐左右拿下他們。姜太公急忙阻止，指出二人乃義士，不可以殺，隨後扶起二人，勸他們離去。

武王發兵滅掉商王朝後，天下歸附於周，伯夷、叔齊身為商的舊臣，深感恥吃周粟，便隱居於首陽山中以采薇為食，並作歌一首：「登彼西山兮，采其薇兮，以暴易暴兮，不知其非矣……」最後二人餓死在首陽山上。

孔子的學生子貢曾問孔子：「伯夷、叔齊究竟是怎樣的人？」孔子說：「他們是古代的聖賢。」子貢再問：「那樣的聖賢卻餓死了，難道他們就沒有什麼抱怨嗎？」孔子說：「他們追求仁德最終得到仁德，又有什麼可抱怨的呢？」

為了自己堅持的道德，為了尊重的人格，皇帝可以不當，富貴功名可以不要，而且性命也可為之犧牲，這是他們自尊自重的表現，無論你對他們的行為是否同意也好。

5 嗟來之食

關於一個人怎樣才算懂得自尊自重，以下還有兩件小事，值得留意的是儒家的兩位大學者對這兩件小事的看法。

春秋時代，齊國有大饑荒，有一個名字叫黔敖的人在路邊為災民提供食物。當時，有一個衣衫襤褸的人走近，黔敖拿了食物、飲品遞給他，呼喝他說：「喂，你來吃東西吧！」不料那個人聽了憤怒地看着他，說：「我就是因為不肯吃呼呼喝喝地施捨給我的食物，才落得如斯田地的！」黔敖向他道歉，但他也不肯吃那些食物，終於餓死了。

孔子的學生曾子聽聞這件事，感歎說：「為什麼這樣呢？認為黔敖不尊重可不吃他給的食物，但他已經道歉了就應該吃呀！」

我相信每個人都希望別人對自己有基本的尊重，不用阿諛奉承，有基本的禮貌就行。如果不被尊重，如果那人是呼呼喝喝的，就算我們在飢餓時沒飯吃，亟需別人伸出援手，我想我們也不會接受吧！

另外的一件事，是關於孔子的學生子路的，孔子曾這樣形容子路：「穿着破舊的絲棉袍子，與穿着狐貉皮袍的人站在一起而不認為是可恥的，大概只有仲由（子路的字）吧。《詩經》上說：『不嫉妒，不貪求，為什麼說不好呢？』」子路聽後，反復背誦這句詩。孔子又說：「只做到這樣，怎麼能說夠好了呢？」

本來，穿着名牌子的華衣美服，出入坐豪華名車，這對許多人而言是值得驕傲，感到受別人尊敬的吧？如果穿便宜的破衣服，要站在穿名牌衣飾的人身邊，一定會感到自卑，無地自容吧？可是子路卻不會這樣，他穿着破舊的衣服和穿名貴的毛皮大衣的人站在一起，也不會感到羞恥，這是因為他不會貪求富貴，也不會嫉妒他人，這種自尊自重的表現是難能可貴的。

至於身為本書作者的我，對此又有何看法呢？我認為有自尊心、懂得尊重自己的人，不會因為一時失意、被人看扁而小看自己、變得自卑的，他反而會發憤圖強、努力不懈地朝目標進發，取得成就，以重獲別人的尊重。最後，我們來看看蘇秦的故事。

6 衣錦榮歸

戰國時代，在東周（即現在的洛陽）的地方，有一個名叫蘇秦的人。他生於貧家，為了擺脫貧窮便努力讀書，周遊列國去游説當時各國的君主，希望做這些國家的官員，使自己獲得金錢、權力和榮譽。

他在秦國居住了一段日子後，衣服破了也沒錢買新的，帶來秦國的一百斤黃金用盡了，也得不到秦王的重用，便被迫回家。回到了家，妻子並不理會他，繼續織布，嫂子不煮飯給他吃，他的父母不和他説話。

由於家人都看不起自己，他更發憤苦讀。他讀書睏到想睡覺時，就用錐子刺自己的大腿，使自己不再睡覺。

後來他讀書終於有所領悟，於是又去各國游説，終於燕、趙、齊、楚、韓、魏六國採納了他的合縱政策，共同對抗秦國，蘇秦因而得到六國封為宰相。

當蘇秦衣錦榮歸的時候，家鄉的父老都跑到街道旁列隊歡迎他，他的父母更在三十里外的路口迎接他。妻子敬畏的不敢正眼看他，嫂嫂也伏地叩拜他。蘇秦看在眼裏，不禁問嫂嫂：「為什麼你從前態度那麼傲慢，而現在卻又顯得如此謙卑呢？」嫂嫂慚愧地說：「因為你現在地位崇高而且富有啊！」蘇秦聽了，歎口氣說：「同樣是一個我，貧窮的時候，連父母都不把我當兒子看待；富貴的時候，親友卻都畏懼我。人生在世，地位和財富的重要性真是不可輕視啊！」

你會想做介之推、黔敖、伯夷、叔齊、子路還是蘇秦呢？我認為，能夠效法蘇秦失敗了重新站起來，努力讀書充實自己去改變命運是好的，但像子路不因貧窮而看不起自己，像介之推、伯夷、叔齊一樣，把個人操守、名節看得比生命重要，也是十分值得尊敬的。後世人記得蘇秦的，不是他當時的地位如何顯貴、家中擁有多少的財富，而是他奮發讀書、努力不懈和在政治、外交上的精闢見解，我們的自尊自重，是來自別人短暫的阿諛奉承，還是自己持守信念、努力不懈、俯仰無愧呢？

《孟子・離婁章句下・齊人有一妻一妾》

齊人有一妻一妾而處室者，其良人[1]出，則必饜[2]酒肉而後反[3]。其妻問所與飲食者，則盡富貴也。其妻告其妾曰：「良人出，則必饜酒肉而後反；問其與飲食者，盡富貴也，而未嘗有顯者[4]來，吾將瞯[5]良人之所之[6]也。」

蚤[7]起，施從良人之所之，遍國中無與立談者。卒之東郭墦間[8]，之祭者，乞其餘；不足，又顧而之他，此其為饜足之道也。其妻歸，告其妾曰：「良人者，所仰望而終身也，今若此。」與其妾訕[9]其良人，而相泣於中庭。而良人未之知也，施施[10]從外來，驕其妻妾。

由君子觀之，則人之所以求富貴利達者，其妻妾不羞也，而不相泣者，幾希[11]矣。

《左傳・僖公二十四年・介之推不言祿》

晉侯[12]賞從[13]亡者，介之推不言祿，祿亦弗及。推曰：「獻公之子九人，惟君在矣！惠、懷[14]無親[15]，外內棄之。天未絕晉，必將有主。主晉祀者，非君而誰？天實置之，而二三子[16]以為己力，不亦誣[17]乎？竊人之財，猶[18]謂之盜，況貪天之功以為己力乎？下義其罪，上賞其奸，上下相蒙[19]，難與處矣。」其母曰：「盍[20]亦求之，以死誰懟？」對曰：「尤[21]而效之，罪又甚焉！且出怨言，不食其食。」其母曰：「亦使知之，若何？」對曰：「言，身之文[22]也。身將隱，焉用文之？是求顯也。」其母曰：「能如是乎？與女偕隱。」遂隱而死。晉侯求之不獲，以緜上[23]為之田，曰：「以志[24]吾過，且旌[25]善人。」

《史記・伯夷列傳》

伯夷、叔齊，孤竹[26]君之二子也。父欲立叔齊，及父卒，叔齊讓伯夷。伯夷曰：「父命也。」遂逃去。叔齊亦不肯立而逃之。國人立其中子[27]。於是伯夷、叔齊聞西伯昌[28]善養老，盍往歸焉[29]。及至，西伯卒，武王載木主[30]，號為文王，東伐紂。伯夷、叔齊叩馬[31]而諫曰：「父死不葬，爰[32]及干戈，可謂孝乎？以臣弒[33]君，可謂仁乎？」左右欲兵之。太公曰：「此義人也。」扶而去之。武王已平殷亂，天下宗[34]周，而伯夷、叔齊恥之，義不食周粟，隱於首陽山[35]，采薇[36]而食之。及餓且死，作歌。其辭曰：「登彼西山兮，采其薇矣。以暴易暴兮，不知其非矣。神農、虞、夏忽焉沒兮，我安適歸[37]矣？于嗟徂兮，命之衰矣！」遂餓死於首陽山。

《禮記・檀弓下》

齊大饑。黔敖為食[38]於路，以待餓者而食之。有餓者蒙袂輯屨[39]，貿貿然[40]來。黔敖左奉食，右執飲，曰：「嗟來[41]食。」揚其目而視之，曰：「予唯不食嗟來之食，以至於斯也。」從而謝[42]焉；終不食而死。曾子聞之曰：「微與？其嗟也可去，其謝也可食。」

《論語・子罕》

子曰：「衣[43]敝縕袍[44]，與衣狐貉者[45]立，而不恥者，其由也與？『不忮不求[46]，何用不臧[47]？』」子路終身誦之。子曰：「是道也，何足以臧？」

《戰國策・蘇秦約縱》

說秦王書十上而說不行。黑貂之裘弊[48]，黃金百斤盡，資用乏絕，去秦而歸。羸縢履蹻[49]，負書擔橐[50]，形容[51]枯槁，面目犁黑，狀有歸[52]色。歸至家，妻不下紝[53]，嫂不為炊，父母不與言。蘇秦喟然歎曰：「妻不以我為夫，嫂不以我為叔，父母不以我為子，是皆秦之罪也！」乃夜發書，陳篋數十，得太公《陰符》之謀[54]，伏而誦之，簡練[55]以為揣摩[56]。讀書欲睡，引錐自刺其股，血流至足。曰：「安有說人主不能出其金玉錦繡，取卿相之尊者乎！」期年[57]，揣摩成，曰：「此真可以說當世之君矣。」

……

將說楚王，路過洛陽。父母聞之，清宮除道[58]，張樂設飲，郊迎[59]三十里。妻側目而視，傾耳而聽；嫂虵[60]行匍伏，四拜自跪而謝[61]。蘇秦曰：「嫂何前倨而後卑也？」嫂曰：「以季子[62]之位尊而多金。」蘇秦曰：「嗟乎！貧窮則父母不子，富貴則親戚畏懼。人生世上，勢位富貴，蓋[63]可忽乎哉！」

註解

1 **良人**：丈夫。

2 **饜**：吃飽。

3 **反**：通「返」。

4 **顯者**：身分顯赫的人，即富貴的人。

5 **瞷**：竊視、偷看。

6 **所之**：所前往的地方。

7 **蚤**：通「早」。

8 **墦閒**：「墦」是墳墓、墳場；「閒」通「間」。墦閒指墳場墓穴間。

9 **訕**：毀謗、斥罵的意思。

10 **施施**：洋洋自得的樣子。

11 **幾希**：很少。

12 **晉侯**：即晉文公，名重耳。

13 **從**：跟隨、追隨。

14 **惠、懷**：指晉惠公、懷公兩父子。

15 **親**：親近的人。

16 **二三子**：指那些主動要求晉文公賞賜爵祿的人。

17 **誣**：欺騙。

18 **猶**：尚且。

19 **蒙**：蒙蔽、蒙騙。

20 **盍**：疑問詞，「何不」的意思。

21 **尤**：罪過。這裏作動詞，指責怪、指責其罪過。

22 **文**：通「紋」，指紋飾、裝飾。

23 **緜上**：晉國地名，在今山西省介休縣東南介山之下。

24 **志**：通「誌」，指記住、牢記。

25 **旌**：表揚。

26 **孤竹**：古國名，商湯時所封，在今河北省唐山市、盧龍縣一帶。

27 **中子**：古代兄弟排行有「伯仲叔季」順序，「中」通「仲」。伯夷為長子，叔齊排行第三，中子就是排第二的兒子。

28 **西伯昌**：即周文王，姬昌。商朝時，周文王是西方部落的首領，「西伯」指西方諸侯之長，故稱西伯昌。

29 **盍往歸焉**：盍，疑問詞，「何不」的意思。歸，歸附、投靠。

30 **木主**：西伯昌的木製神主牌位。

31 **叩馬**：叩通「扣」，拉住、牽住的意思。此句指拉住武王的馬，不使前進。

32 **爰**：於是。

33 **弒**：古代稱地位低的人殺死地位高的人叫作弒，如弒君、弒父、弒母。

34 **宗**：作動詞用，有尊奉之意，意思是尊奉周室為宗主。

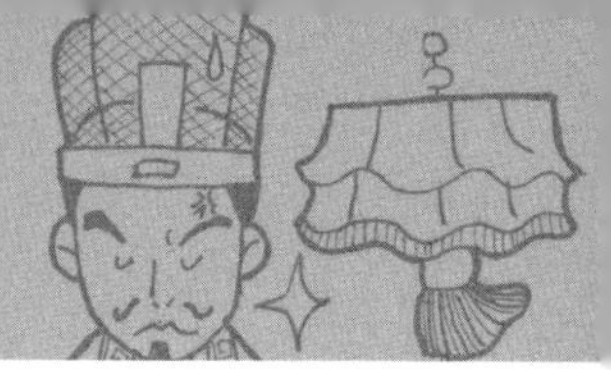

35 **首陽山**：古山名，即後文之西山，在今山西省永濟縣南。

36 **薇**：草名，幼嫩時可作野菜供食用。據《史記正義》記，陸璣《毛詩草木疏》云：「薇，山菜也。莖葉皆似小豆，蔓生，其味亦如小豆藿，可作羹，亦可生食也。」

37 **歸**：歸宿、棲身之所。

38 **為食**：「食」指飯，「為食」指做飯。

39 **蒙袂輯屨**：「袂」是袖子，「輯」是斂的意思。這句意思是飢民餓得無力地垂着衣袖，疲憊得拖着鞋子。

40 **貿貿然**：眼睛看不清的樣子。

41 **嗟來**：歎詞，有學者認為「來」是「嗟」的語助詞。語氣上有不敬、沒禮貌的意思，相當於「喂」。

42 **謝**：謝罪、道歉。

43 **衣**：作動詞用，指穿着。

44 **敝緼袍**：「敝」，破舊；「緼袍」，絲綿袍子。

45 **衣狐貉者**：「狐貉」指用狐狸等獸皮造的皮衣，通常是富人穿着的。衣狐貉者就是富人的意思。

46 **不忮不求**：「忮」指嫉妒；「求」指貪求。

47 **臧**：善、好。

48 **弊**：破舊。

49 **羸縢履蹻**：「羸」，纏繞；「縢」，綁腿布；「履」，鞋，這裏作動詞，指穿着；「蹻」，草鞋。這句指裹着綁腿布，穿着草鞋。

50 **橐**：囊、袋。

51 **形容**：形體容貌、身形臉色。

52 **歸**：同「愧」，指慚愧。

53 **不下紝**：紝，織布機，這裏指紡織。不下紝指不從紡織機上下來，依舊在紡織。

54 **太公《陰符》之謀**：太公，指姜太公呂尚，《陰符》是《陰符經》，是傳說中姜太公所著的兵書。

55 **簡練**：「簡」，選擇；「練」，熟練。指選擇適用的內容來精心研習。

56 **揣摩**：反復思考、思索，以探求真義。

57 **期年**：滿一年。

58 **清宮除道**：清掃房屋，掃除道路。「宮」本指宮室，這裏指普通的房屋。

59 **郊迎**：「郊」，城外郊野地方；「迎」，迎接。

60 **虵**：即「蛇」。

61 **謝**：謝罪、道歉。

62 **季子**：古代嫂子對小叔的稱呼。

63 **蓋**：通「盍」，怎麼。

文言文小知識

人稱代詞

古今漢語的人稱代詞有很大不同，古代漢語中某些人稱代詞，現代漢語中已經不用。另外，古漢語人稱代詞的使用範圍較窄，現代漢語用人稱代詞的地方，古代漢語往往省略或用其他方式代替，因此，古漢語人稱代詞的出現頻率也較低。

文言文中，常見的人稱代詞主要是第一人稱（如「吾」、「我」等）和第二人稱（如「汝」、「爾」等），基本上沒有第三人稱代詞。常用作表示第三方的「之」、「其」等詞，其實都是指示代詞，而它們並不限於用來代表第三人，也可代表第一人稱和第二人稱。古漢語的第三人稱代詞是從魏晉南北朝時期才發展起來的，最早有「伊」、「渠」，後來統一為「他」。

文言知識題

試判斷下列粗體字是否人稱代詞，並寫出其詞義。

	是否人稱代詞（✓／✕）	詞義
1. 其母曰：「能如是乎？與**女**偕隱。」（《左傳・僖公二十四年・介之推不言祿》）		
2. 問其與飲食者，盡富貴也，而未嘗有顯者來，**吾**將瞷良人之所之也。（《孟子・離婁章句下・齊人有一妻一妾》）		
3. 神農、虞、夏忽焉沒兮，**我**安適歸矣？（司馬遷《史記・伯夷列傳》）		
4. 登**彼**西山兮，采其薇矣。（司馬遷《史記・伯夷列傳》）		
5. 揚其目而視之，曰：「**予**唯不食嗟來之食，以至於斯也。」（《禮記・檀弓下》）		
6. 眾知有為，因讓之曰：「**若**素名勇，徒能藉貧者耳。」（高啟〈書博雞者事〉）		

	是否人稱代詞（✓ / ✗）	詞義
7. 誅白公，定楚國，如反手**爾**。(《荀子・非相》)		
8. 括母曰：「王終遣之，即有不稱，**妾**得無隨乎？」(劉向《列女傳・仁智・趙將括母》)		
9. 子楚乃頓首曰：「必如**君**策，請得分秦國與**君**共之。」(司馬遷《史記・呂不韋列傳》)		
10. **余**既樂其風俗之淳，而其吏民亦安**予**之拙也。(蘇軾〈超然臺記〉)		
11. 告其**妾**曰：「良人者，所仰望而終身也。今**若**此。」(《孟子・離婁章句下・齊人有一妻一妾》)		
12. 生握腕曰：「**卿**乘間當來，勿待夜也。」**女**諾之。(蒲松齡《聊齋志異・香玉》)		

文言知識題答案：

	是否人稱代詞（✓ / ✕）	詞義
1.	✓	你，即「汝」
2.	✓	我
3.	✓	我 / 我們（指伯夷和叔齊）
4.	✕	指示代詞，指「那西山」
5.	✓	我
6.	✓	你
7.	✕	語氣助詞，「而已」的意思
8.	✓	我，古代女子對自己的謙稱
9.	✓	你，帶有尊重意味
10.	余：✓	余：我
	予：✓	予：我
11.	妾：✕	妾：側室夫人
	若：✕	若：如
12.	卿：✓	卿：你
	女：✕	女：女子

寫作舉隅

一　專心致志

1.「不專注於眼前，只會令自己失去更多」試以「專注眼前」為題寫作一篇文章。

這作文題可運用歐陽修〈賣油翁〉的故事，以專心酌油的賣油翁能練得一手好的酌油技巧，指出專注做事才能得到成就，支持專注的重要性。

另外，也可運用《世說新語・德行・割席斷交》的史事來作反面實證，說明華歆因為不專注在正進行中的事情而導致朋友管寧對他的不滿，最終失去朋友，證明做人如果不專注眼前，很容易失去寶貴的東西。而且管寧和華歆的行為能造成強烈對比，可用二人的行為加以討論和評價，指出管寧專注的好處，並說明華歆不專注帶來的影響。

二　信守承諾

2. 有人認為「言必信，行必果」能培養出良好品格；有人則認為這種說法陳義過高，無法實現。談談你對守信的看法。

這個題目可引《韓非子・外儲說左上・曾子殺豬》的故事：「嬰兒非有知也，待父母而學者也，聽父母之教，今子欺之，是教子欺也。母欺子，子而不信其母，非所以成教也。」說明在教育上應當給予孩子守信的正確觀念，方能使孩子懂得信諾的重要，用以支持「言必信，行必果」能培養出良好品格的立場。

寫作時還可引《論語・顏淵》：「自古皆有死，民無信不立」的說法，如果認為守信可培養出良好品格的話，則可用此證明只有守信才能得到別人的信任，即使是統治者也一樣。相反，如果認為「言必信，行必果」陳義過高的話，就可以否定此說話，指出守信若要與生命作取捨時，生命的價值應比信諾更重要。

三　堅持信念

3. 有人認為凡事應據理力爭，堅守立場；有人則認為應包容異見，求同存異。試談談你的看法。

這條題目可引用《明史・卷一百四十一・方孝孺傳》的內容，方孝孺在明成祖面前據理力爭，指出明成祖篡位之過的歷史事件，表達出有些與道德或是非黑白相關的原則是必須堅守立場，而不能彼此包容的。更應指出當話題涉及道德對錯時，就算要犧牲性命，也應據理力爭，堅守立場。

4.「我們最大的弱點在於放棄，再多嘗試一次，永遠是最保險的成功方式。」試以個人對這句說話的感悟，以「堅持」為題寫作一篇文章。

寫作這條題目時，可以運用《韓非子・和氏》中，和氏一而再，再而三地向幾代楚王獻和氏璧的事作說明，和氏的堅持不放棄，終證明自己是對的，用以指出即使失敗遇困難，也要多作嘗試才可成功。

此外，又可舉《列子・湯問・愚公移山》的故事，以愚公確信可移走兩座高山的事，證明凡事必須堅持才有希望達成目標。

四　知己知人

5. 在社會中立身處世，與其隨波逐流，不如保持個人風格。你同意嗎？

這條作文題可列舉《史記・管晏列傳》，管仲沒有因應當時人們的價值觀和道德觀而行事，即使「三仕三見逐于君」、「三戰三走」，為世人所不恥，但他依然不理會周邊人的眼光，保持自我。賞識管仲的鮑叔牙也一樣，鮑叔牙知道管仲有才能卻遇不上好時機，才會做出各種與當時道德觀相違的事情，因此鮑叔牙不跟隨世人的想法，而以個人的主張來推薦管仲。管仲和鮑叔牙都證明立身處世於社會中，有個人主張，不追隨潮流反而能獲得成功，是支持「與其隨波逐流，不如保持個人風格」的好例子。

6. 俗語說：「知人者智，自知者明」試談談你的看法。

寫作此題時，可運用《列女傳・仁智・趙將括母》的例子，趙括母親知道兒子的不才，又自知自己的處境，所以能清楚明白地向趙王指出兒子的問題，而當趙王否決她的竟見後，她也能成功請求趙王答允自己的要求，以保存自己的性命。由趙括母親之歷史事例，可以證明「知人者智，自知者明」是種待人處世的生存法則與成功之道。

五　安貧樂道

7. 你對「富裕的生活就是美好的生活」這句話有何看法？

這個題目正好表現了安貧樂道的重要性，在安貧樂道的人眼中，富裕的生活並不能帶給人們美好的生活，有很多其他東西比物質豐裕更重要，例如追求道德。寫作時，可引用《論語・雍也》的說話：「一簞食，一瓢飲，在陋巷，人不堪其憂，回也不改其樂。」顏回在窮困中依然快樂，這源於他安貧樂道的良好品德，證明了富裕不是帶來快樂的必要條件。

除此之外，還可引用《論語・里仁》中的說話：「富與貴是人之所欲也，不以其道得之，不處也；貧與賤是人之所惡也，不以其道得之，不去也。」此句證明了人要得到物質豐裕或美好生活，也需要通過正當手段，指出如果物質不是通過正當手段得來的話，人也是無法得到美好生活的。

六　知錯能改

8.「只要懂得改過，永遠不會嫌遲。」試談談你對這種處世態度的看法。

談到改過不嫌遲，可列舉《史記・廉頗藺相如列傳》作為例子來說明，廉頗因嫉妒藺相如官位比自己高而忘記國事要緊，後來知錯而向藺相如負荊請罪，可見雖然做錯了事，但只要真心願意改過，對方就會原諒。用此例作證，以支持這種人生觀。

持不認同立場的話，也可舉《左傳・宣公二年・晉靈公不君》的例子，晉靈公是個不知錯的人，但更重要的是，晉靈公犯下了胡亂殺人的過錯，面對已死的人，縱使願意改過，也是太遲了。從此事上，可指出改過不嫌遲的不合理之處。

七　安守本分

9. 有人認為「鞠躬盡瘁，死而後已」已經不合時宜，現在做人應當「識時務者為俊傑」。試談談你的看法。

討論盡忠，最值得舉的就是文天祥的例子，文天祥〈正氣歌〉中說：「時窮節乃見，一一垂丹青」，又說：「當其貫日月，生死安足論」說明做人應當「鞠躬盡瘁，死而後已」，生死遠比不上盡忠，只有願意盡忠的人，才能名垂千古。

另外，也可舉《左傳・襄公二十五年》太史及其兩個弟弟不顧生死堅持書寫「崔杼弒其君」之事。作為太史，職責就是記錄史事的真相，即使受到崔杼的威脅，太史仍然能夠不懼死亡，盡忠職守地完成自己的使命。太史的例子同樣證明了「鞠躬盡瘁，死而後已」的行為值得人尊重，更說明了如果沒有太史的盡職，事實的真相就會被埋沒，世界或會出現是非不分的情況，所以證明了在職責上「鞠躬盡瘁，死而後已」是很重要的。

相反，如果認同「識時務者為俊傑」的話，可以否定文天祥和太史的行為，認為他們應該要懂得保存性命，之後才能有所作為。

八　自尊自重

10. 社會地位是由財富堆積而成的，只要財富愈多，社會地位自然會愈高。試評論這種看法。

這條題目討論有財富就能得到地位、受人尊重的問題，可以運用的例子有很多，例如《左傳・僖公二十四年・介之推不言祿》，介之推不接受官祿賞賜，在沒有得到官位之時就死去，卻得到晉文公的尊重。又可引用《史記・伯夷列傳》，伯夷和叔齊兩兄弟放棄權位，以品德為重而出走他國；後來又反對周武王的不義行為，「義不食周粟」而餓死。伯夷、叔齊完全沒有財富，但卻獲得社會尊重，地位甚高，這正好作為反對「社會地位是由財富堆積而成」的證明。

支持「社會地位是由財富堆積而成」的話，可以引用《戰國策・蘇秦約縱》，蘇秦因為沒有財富，而要面對「妻不以我為夫，嫂不以我為叔，父母不以我為子」的情況，而且蘇秦的嫂嫂也明言自己之所以對他前倨後恭，是因為他現在「位尊而多金」，用以支持財富能帶來地位和受人尊重的說法。寫作時還可以引用蘇秦的説話：「貧窮則父母不子，富貴則親戚畏懼」，明確指出財富對個人地位的影響。

《文學大師的 25 堂寫作課》

周淑屏（編選）

本書收錄魯迅、朱自清、胡適、徐志摩、夏丏尊、郁達夫、許地山、鄭振鐸、蕭紅、魯彥、朱湘十一位文學大師的精選名篇，篇後更有梁科慶、阿谷、周淑屏三人的導讀，以及配合公開試寫作試題要求、學習吸收名篇養分的寫作指引。

《文學大師的理與情》

周淑屏（編選）

本書收錄魯迅、朱自清、胡適、徐志摩、梁啟超、夏丏尊、郁達夫、鄭振鐸、廬隱、朱湘、王統照十一位文學大師的精選名篇，篇後更有梁科慶、阿谷、周淑屏三人的導讀，以及配合公開試寫作試題要求、學習吸收名篇養分的寫作指引。

《活用四字詞語的寫作課》

周淑屏（編著）

本書就記敍、描寫、抒情、論説等不同文體，以寫作課的氛圍、真實的教學例子簡介寫作這些文體需注意的地方，分別搜羅共近 1000 個四字詞語，列明解釋、用法，且列舉範文供學生參考。為提高學生的學習興趣，更加入了有趣的詞語運用遊戲，讓學生可以輕鬆學習、易於掌握，進而提升寫作表現。